¿QUIÉN CONTROLA A LOS MURCIÉLAGOS?

Relatos

Colección: Licenciado Vidriera, 17

VALLECILLO, Ángel
    ¿Quién controla a los murciélagos? : relatos /
Gonzalo Martín de Marcos. - Valladolid : Ediciones
Universidad de Valladolid, 2025

        192 p. ; 19 cm. - (Licenciado Vidriera ; 17)
        ISBN 978-84-1320-371-3

1. Literatura española – Siglo XXI I. Martín de Marcos,
Gonzalo, aut. II. González, José Ramón, col. III. Universidad de Valladolid, ed.

        821.134.2-32"20"

Gonzalo Martín de Marcos

¿QUIÉN CONTROLA A LOS MURCIÉLAGOS?

Relatos

EDICIONES
Universidad
Valladolid

Licenciado
Vidriera

© GONZALO MARTÍN DE MARCOS, 2025
EDICIONES UNIVERSIDAD DE VALLADOLID

Diseño de cubierta: Ediciones Universidad de Valladolid
Motivo de cubierta: Imagen generada por IA

ISBN: 978-84-1320-371-3
Dep. Legal: VA-605-2025

Preimpresión: Ediciones Universidad de Valladolid
Imprime: Safekat - España

ÍNDICE
DE HISTORIAS

Nítido

José se caló las gafas de aviador y se miró de arriba abajo en el espejo. No estaba mal para un hombre de setenta años. Ni un gramo de grasa en un cuerpo ágil y fibroso. La camiseta sin mangas dejaba ver los brazos morenos. Las venas, inflamadas sobre la piel, recorrían unos bíceps largos y tensos. Para vivir de vago en un barrio capitaleño se precisaba de astucia, agilidad y falta de escrúpulos. Ninguno de sus hijos había heredado su constitución. Pero no lo lamentaba, porque apenas dos de los ocho habían corrido la suerte del padre.

Pablo nació sensible. Lloraba cuando atropellaban un perro y quedaba despanzurrado, boqueando, entre el tráfico indiferente. Karla, por ser hembra, debió haberse buscado la manutención de alguno, pero se pasaba los días frente al televisor y, cuando no, haciéndose las uñas en el salón. José le daba dinero cada semana, pero acabó hartándose y la mandó con su madre. El resto, también blandos, al menos pudieron colocarse rápido y bien. De quien más se ensoberbecía era de Jean, policía nacional. Tenía un arma legal y su autoridad lo protegía cuando José se metía en problemas. En más de una ocasión lo salvó que supieran a qué se dedicaba su hijo.

Así se movían las cosas.

Del espejo desapareció su imagen cuando una nube cubrió el sol. José se volvió y se asomó al callejón. El cielo era de un azul intenso entre las masas blancas. Tras las lluvias de la noche el día había quedado limpio y fúlgido. Echó el candado tras de sí y bajó hasta la calle. En la esquina compró un par de guineos que se sentó a comer en el poyo de un parqueo. No quemaba aún el sol, pero en un par de horas caminaría de sombra en sombra. Tenía que pensar en la comida. No le quedaba nada del día anterior. Sin desayuno podía pasar, pero a la una le iba a acuciar el hambre. Del bolsillo del pantalón sacó el celular. Había una llamada perdida. La devolvió y colgó al tercer tono, antes de que se le acabaran los minutos. Al poco rato sonó de nuevo:

—¿Aló?

—José, soy el magistrado

—Sí señor.

—Te tengo un trabajo.

—Sí señor.

—Vente para acá en cuanto puedas.

—Ok.

José echó a caminar por la acera. A aquellas horas de la mañana la calle rebullía de guaguas, motores y carros destartalados. Los peatones cruzaban entre el tráfico con una impavidez resignada. Algún haitiano arrastraba doblado un remolque atestado de basura. José se hallaba como pez en el agua. Todos lo conocían y él conocía muchos más, lo que era una ventaja en su oficio. Adonde se dirigía ahora, lejos de la pobreza, llegaría con la misma altivez de siempre y la confianza de saberse necesitado.

En el cruce tomó un carro público que subía por la Churchill y no se apeó hasta la 27 de febrero. Allí se subió a una guagua que lo llevó durante veinte minutos hacia el este. El Caribe se veía a la derecha, rebrillando entre las torres. Al llegar a Gazcue se bajó y anduvo calle abajo, hacia el parque. Decidió atravesarlo para atajar. Entre los columpios, algunos niños jugaban vigilados por mucamas ataviadas de servicio. Parecían enfermeras custodiando los esparcimientos de pequeños convalecientes. Una vez llegó a la Nicolás Penson, enfiló los pasos otra vez hacia el este. Dos barrenderas de naranja se aplicaban en los huecos al pie de las aceras, donde las lluvias acumulaban los desperdicios. Un policía de tránsito que hablaba por el celular lo saludó con un gesto de cabeza. Pocos metros después dobló a la derecha y se internó en una red de callejuelas de casas bajas con jardín. Pensó cómo sería vivir allí. Demasiada tranquilidad. Demasiado silencio. Demasiada soledad. José prefería la bulla y, en cierto modo, el peligro. Se había acostumbrado a ello. Quizá eso sí fuera un indicio de la edad. Al llegar a una casa blanca de una sola planta se detuvo. Frente a la fachada se extendía un trecho de grama recortada. Detrás, en otro espacio más íntimo para la familia, crecían dos enormes ficus que asomaban por encima del tejado plano. Bajo una sombra, cruzado de brazos, se dispuso a esperar. Al cabo de diez minutos la cortina de un ventanal enrejado se agitó y se asomó el magistrado. Al poco se abrió la puerta y le hizo una señal para que se acercara.

—Buenos días, José.

—Buenas, señor.

—Cómo van las cosas.

—Bien, nítido.

—Me alegro. Tengo un trabajo para ti.

—Usted dirá.

—Muy simple. He tenido un choquecito con el carro, nada de importancia, pero se me complicó de la manera más tonta... ¿Tienes hambre?

—No pruebo bocado desde ayer, señor.

El magistrado se volvió y adentró en la casa. José lo siguió. La cocina era un espacio diáfano de estilo americano, con una isla en el centro. Había una muchacha negra limpiando los platos. El magistrado la echó sin contemplaciones y José la observó mientras sus caderas redondas se alejaban bajo el uniforme blanco. José se sentó en una banqueta y agarró un pedazo de pan de agua, una porción de queso y un vaso de jugo. En cuanto lo vio comer, el magistrado prosiguió:

—Como te decía. La situación se complicó. Ya no hay respeto, José. Aún después de enterarle de quién soy yo, el tipo se puso bravo. Ha sido mala suerte que no llevara seguro. Sabes que soy muy desorganizado para esas cosas, así que me marché, pero se quedó con mi cédula...

—Tiene su cédula —dijo José.

—Así es —parecía avergonzado.

—¡Se la robó!

—No, no me la robó. Yo se la mostré cuando se calentó y él la agarró. Cuando me percaté de que no llevaba seguro me marché sin recuperarla —explicó.

—Y quiere que se la traiga.

—Sí... José, yo no me puedo exponer a un escándalo ahora —el magistrado se volvió de espaldas, miró por la ventana hacia la calle—. En las próximas elecciones voy en las listas y puedo volver a salir senador de la República.

—Claro.

Hubo un silencio tenso. El magistrado permanecía de espaldas y José había terminado de comer. De algún extremo de la casa venía el trajinar de la muchacha. José imaginó su trasero ancho moviéndose al ritmo del paño. Le vinieron ganas de volver a visitar a Joelis, su vecina, que hacía negocio con dos sobrinas altas y rotundas, pero eso costaba dinero y el magistrado era espléndido cuando de su imagen se trataba. En otras ocasiones, José había resuelto asuntos de faldas con chicas que él mismo le había buscado. A veces, se dijo, el pobre tiene el control.

—Yo le traeré la cédula, pero tengo que encontrar al tipo —y se quedó pensativo.

—Eso es fácil. Lo choqué cuando salía de su parqueo.

—¡Entonces él tuvo la culpa!

—Me pasé la luz en rojo, y recuerda que está lo del seguro —repuso sombrío.

—Dónde fue.

—En Bellavista, en la esquina de una torre nueva, muy alta, con un helipuerto en la azotea.

—Sí, sé dónde está —dijo José con suficiencia.

El magistrado pareció animarse y le prometió un pago generoso por el trabajo. Por lo pronto, le adelantó tres mil pesos y lo acompañó hasta la puerta. Al cruzar por el salón vio a la mulata limpiando el polvo del salón. El tacto deleitoso de los billetes le hizo pensar otra vez en las sobrinas de Joelis. Antes de marcharse, fueron juntos a examinar la jeepeta: el faro derecho estaba completamente hundido. De la reparación se ocuparían después. El magistrado lo acompañó hasta la calle. José podía sentir su ansiedad, una forma casi física de dependencia en la curva de su espalda y en el sonido de sus pasos, que a él lo hacía imprescindible, y al magistrado, un simple hombre metido en problemas. Cuando se alejaba por la calle arbolada, José todavía alcanzó a escuchar:

—¿Has comido bien?

—¡Nítido!

De nuevo en camino se sintió optimista, ágil, elástico. No llevaba reloj, aunque por la calidad de la luz supo que se acercaba el mediodía. El lugar que le había señalado el magistrado no se hallaba lejos, pero a pie le llevaría mucho más de media hora, así que tomó otro carro en la Bolívar que lo llevó hasta la parte norte de Bellavista. En el camino el chofer conversaba con una pasajera, gorda y aquiescente: «La calle está difícil. Hay mucho criminal». «Ya tú sabes», confirmaba ella. «Los ricos se lo llevan todo. Los ricos tienen más seguridad». «Así mismo», volvía ella a asentir. Se apeó pasado el cruce con la Churchill y cruzó de acera. Bajó por una calle cualquiera hasta la Sarasota y anduvo tranquilamente. A su derecha se sucedían torres de diez, quince, veinte pisos. Los portales ostentaban elevaciones de villa romana. Tras las verjas automáticas dormitaban vehículos brillantes y soberbios, dóciles a la menor veleidad de sus dueños. Al poco llegó al lugar que el magistrado le había indicado, pero no se detuvo. Aguardó en el cruce con la torre a sus espaldas y cruzó como si tal cosa. Una vez al otro lado atravesó la Sarasota en sentido perpendicular, hasta un colmado. Pidió un refresco y se sentó en una silla de plástico, resguardado bajo la sombra del toldo.

Desde allí vio cómo se abrían, correderas, la puerta de entrada y la de salida. Entre las dos, la escalera de acceso peatonal y el vestíbulo se alzaban encajados en un prisma rectangular en cuyo techo blanco habían plantado unas matas. No cabía duda de que se trataba de una torre exclusiva, lo cual significaba que el tipo con quien el magistrado había tenido el altercado sería, cuando menos, rico. Aquello subía el precio. Los arreglos con gente baja eran más hacederos y muchas veces se resolvían con meras palabras, con uno que otro golpe en el peor de los casos. Pero aquella gente tenía sus propios hombres para todo. Aun así, el prestigio profesional de José radicaba precisamente en su versatilidad.

Cuando hubo observado bastante se levantó y fue en busca de un lugar donde almorzar. Apenas a unos metros encontró un picapollo y se sentó a comer. Dejó pasar el tiempo ante la mesa vacía y, cuando se aburrió, salió a caminar. Deambuló por el sector hasta que dieron las cinco. Entonces volvió a la Sarasota y comprobó que el tráfico se había espesado. Entre las bocinas y el barullo de la hora punta se acercó más seguro a la torre. Tras la esquina observó el interior del parqueo. A primera vista no vio ningún carro dañado, pero había una planta subterránea y espacios vacíos en la principal. Colarse dentro era impensable. En el vestíbulo había dos vigilantes conversando apaciblemente, uno de ellos armado con una escopeta de cañón recortado, que no dudaría en abrirle un boquete en el estómago si se acercaba demasiado. Pero tuvo suerte. La puerta de entrada se abrió y un carro alargado y beidge penetró muy despacio en el parqueo. Maniobró lentamente hasta detenerse muy cerca del lugar de los vigilantes, que lo observaban con curiosidad. El flanco izquierdo, a la altura de los pasajeros de atrás, se hallaba completamente hundido y la ventanilla estaba cubierta con un plástico. El conductor cruzó unas palabras con los vigilantes y sacudió pesarosamente la cabeza. A continuación, subió al rellano y tomó uno de los dos ascensores. José aguardó inmóvil, porque tuvo la intuición de que regresaría pronto. Y así fue. Al poco rato se escuchó el timbre del ascensor y el hombre volvió a salir. Cruzó nuevas palabras con los vigilantes y se subió al carro con la misma actitud abatida de antes. Entonces José avanzó ligero hacia la esquina, junto a la puerta de salida del parqueo, que comenzó a abrirse con un suave zumbido. El morro del carro asomó cauteloso y, en un hueco del tráfico, entró en la calzada. Dobló a la derecha y avanzó lentamente por una calle aledaña. José lo siguió por la acera hasta que se detuvo en un semáforo en rojo. Entonces se arriesgó. Abrió la puerta del copiloto y se sentó junto al conductor. El semáforo se puso en verde y José le conminó:

—¡Arranque!

Durante los primeros metros avanzaron en silencio. De pronto, unas gotas muy gruesas comenzaron a caer sobre el vidrio. El pánico que se había pintado en la cara del hombre se trocó en angustia, como si la lluvia torrencial que envolvía el carro lo apresara aún más junto a aquel loco:

—Por qué tiene ese golpe —lo interrogó José.

—Qué golpe —musitó el hombre.

—El del carro, diablos.

—Me golpearon al salir... Qué quiere, ya ve que está dañado y vale poco —el hombre se atrevió a atisbarlo por el rabillo del ojo derecho.

—La cédula.

—Qué cédula —respondió el hombre.

—Quieres que te meta un balazo.

—Tranquilo, hombre —dijo, con temblor en la voz.

—Dame la cédula del magistrado y no te hago nada —volvió a ordenar José, envalentonado.

El hombre se demudó. Su miedo se disipó y su mirada se volvió dura. Algo acababa de torcerse. José se llevó la mano a la espalda, como si realmente guardara un arma. Se habían detenido ante un semáforo.

—¿Magistrado? ¿Ese pendejo es magistrado?

—¡Dame la cédula, te digo, o te mato! —la situación se había salido de madre. José tenía un fino sentido para los desequilibrios de dominio, cuando entre dos hombres el miedo se decantaba de uno en otro como un fluido invisible.

—No tengo ninguna cédula, más que la mía, y la de mi hijo, al que ese cabronazo ha mandado al hospital —respondió con tono sombrío.

El semáforo había cambiado a verde y las bocinas, que debían de llevar unos instantes sonando, atronaban en torno. El hombre arrancó, definitivamente dueño de sí. El carro avanzaba entre las calles y ellos dos parecían dos perfectos conocidos en silencio. Al cabo de unos minutos, el hombre se detuvo al costado de la calle. José aceptó la invitación tácita a salir. Bajo la lluvia de fuera, se agachó hacia el interior. El hombre miraba al frente, sereno y muy serio.

—Lo siento, don, no sabía —farfulló José.

—Dile a tu jefe que, cuando mande a su perro, le cuente todito —y arrancó con brusquedad.

La puerta se cerró del acelerón y el carro se perdió en la oscuridad. José se quedó unos instantes chorreando bajo la lluvia. Tras más de medio siglo de oficio no dejaban de sorprenderlo las súbitas mudanzas de la supremacía, lo efímero del control. Se echó a andar hacia el este. En la primera calle que subía se encaminó hacia la Bolívar. Su ropa pesaba una tonelada. Sabía que, empapado, ningún carro querría llevarlo, así que comenzó a caminar con paso rápido. Calculó que en media hora podría estar en Gazcue. Antes caminaba mucho, pero cuando los ricos comenzaron a requerir de sus servicios pudo permitirse una vida, en cierto modo, muelle: comía todos los días, algunos de ellos dos veces, se compró un celular y un televisor, y pudo pagar regularmente las facturas de la electricidad, antes de que se la cortaran. Cuando visitaba a sus hijos, lo encontraban más relajado y seguro, como si estuviera disfrutando de las comodidades de una mediana edad recién conquistada.

Por eso lamentaba su decisión.

Había dejado de llover y en el cielo nocturno titilaba alguna estrella acuosa. La ropa, con el repentino cese del aguacero, se secaba con rapidez. Al llegar al parque de las luces, una mujer que paseaba un perrito se sobresaltó: José caminaba envuelto en el vapor de agua. Tras el Museo de Ciencias Naturales dobló hacia la derecha y se internó de nuevo en el sector donde vivía el magistrado. La calma del lugar apaciguó momentáneamente su ánimo y enfrió su impulso, pero el recuerdo de la conversación con el hombre de la torre le hizo recobrar el ímpetu. Se sentía burlado. Además, con los niños no se jugaba. Había muchas máculas de sangre en su pasado, pero nunca había consentido participar en nada que los perjudicara. Así se lo diría. Previó un encuentro tenso, así que de paso por unas basuras agarró una barra de hierro y se la guardó bajo el pantalón.

Cuando se estaba aproximando a la casa redujo la velocidad. Tras de una mata observó que la única luz encendida era la de la cocina. El resto de la casa estaba a oscuras. Abrió la cancela y sorteó el resplandor que se proyectaba sobre la grama de la entrada. Se deslizó por el costado y avanzó hasta el jardín de atrás. El ficus se erguía como una sombra densa y seria. José no pudo evitar detenerse y levantar al cuello hacia la copa. El final del día lo volvía siempre lento y viejo. Con sigilo se aproximó a la ventana del dormitorio. Al principio no vio nada, pero sobre la cama advirtió movimiento. Una sombra blanca se agitaba sobre una sombra oscura. El magistrado se estaba montando a la muchacha.

Estuvo allí un rato, agazapado, hasta que aquel terminó y se fue al baño. La muchacha permaneció tendida boca abajo, sus nalgas prominentes sobre las sábanas retorcidas. José se volvió y fue palpando la pared hasta que encontró la reja de la puerta trasera. Ambas estaban abiertas. El magistrado era muy confiado, y Santo Domingo, una ciudad muy peligrosa. Abrió una y otra y con paso quedo penetró en la habitación de servicio. Había allí una cama y, colgadas de una barra, algunas prendas de la muchacha. Fuera todo era silencio, excepto la llave del agua en el baño y algún comentario amortiguado del magistrado. Avanzó con sigilo hasta la puerta del dormitorio. Empujó suavemente, pero una bisagra chirrió y la muchacha se giró. Lo miró sin entender y musitó: «Amor, sal, aquí hay un hombre». El magistrado salió del baño. Estaba desnudo y parecía más grande.

—José...—le dijo, sin miedo, con hastío.

—Me mandó engañado con la cédula del carajo y además ha mandado a un niño al hospital —le respondió seguido, por si luego no tenía tiempo de aclarar los motivos.

—Te he dado tres mil pesos, José, y no me haces el trabajo, y para colmo te me cuelas en la casa. Te he brindado demasiada confianza.

El magistrado mantenía una inmovilidad que a José le hizo ponerse en guardia. La muchacha miraba a uno y a otro, en la misma postura lánguida. José estaba contemplándola cuando se percató de que la luz que se escapaba del baño se opacaba momentáneamente. Apenas tuvo tiempo de girarse, sacar el hierro de su espalda y dar dos pasos hacia el magistrado, cuando sintió un tremendo impacto en el vientre. Se detuvo, más que por el dolor, por la sorpresa. Pensó que volvería a dispararle, pero el magistrado avanzó lentamente hacia él, con el arma aún en la mano, todavía desnudo, y le dio un empujón ligero. José cayó de espaldas sin resistencia, como un fardo, y de su mano abierta se deslizó el hierro. Una humedad caliente se extendió por el vientre y la sintió gotear por la cintura. La luz que salía del baño se fue apagando y los ruidos en torno se aminoraron. Escuchó, eso sí, cómo el magistrado descolgaba el teléfono y hablaba con calma absoluta:

—Habla el magistrado Rodríguez, con domicilio en Gazcue. Envíenme una unidad, por favor, que se me ha metido un intruso en casa.

Al otro lado, la voz sumisa de alguien se apresuró a acatar la orden y el magistrado terminó la conversación:

—Nítido, gracias.

Categoría 5

Cuando lo vio, ella descendía a la estación de metro de la Churchill con Independencia. El sol iluminaba con claridad los edificios y los carros. El Caribe cabrilleaba al fondo. Todavía ningún presagio del huracán. Era un muchacho como los demás, más delgado acaso, que reía con timidez y dejaba asomar una dentadura blanca perfecta. Tenía, no obstante, algo de distinción. No llevaba una camiseta de tirantes ni una gorra torcida, sino una camisa blanca planchada por dentro del pantalón. La miró con sus ojos grandes y limpios.

Apenas tuvo que esperar en el andén. El viaje duraba veinte minutos. Muchos asientos vacíos. Suspiró. Se sentía cansada y vieja. Cuando el tren afloró al elevado miró la ciudad a través de los vidrios. La distancia ocultaba la inmundicia de los barrios, que se veían coloridos y guarnecidos de vegetación. Sobre el horizonte se levantaba una nube azul oscuro. Estaba todavía lejos, pero cuando cayera, el aguacero haría flotar la lepra escondida.

Qué triste expectativa.

Qué sola se sintió de repente.

Y recordó.

—No, Delsa, escúchame.

—Rafa.

—Escúchame, te digo.

—Te escucho.

—Es posible que sobreviva, pero también puede que muera. Ya has oído al doctor.

—No...

—Sí, Delsa. Es así.

—Pero...

—En la última gaveta de la cómoda guardo un folder negro con los títulos de propiedad y mi testamento.

—...

—Delsa.

—Sí, amor.

—Es importante que no lo olvides, porque lo he arreglado todo para que no quedes desamparada.

—No pensemos en eso.

—Hay que pensar. Y otra cosa.

—Lo que quieras amor, pero no es necesario...

—Déjame hablar. Quiero que me cumplas una voluntad.

—Sabes que lo haré.

—Quiero que hables de mí a mis nietos. Luis no me va a recordar y no llegaré a conocer al que está en la barriga de su madre.

—Todos les hablaremos.

—Confío en ti. La rutina borra a los muertos. Encárgate, te lo ruego.

—Tienes mi palabra, Rafa.

El tren se detuvo, pero Delsa no se levantó. Tan absorta iba en el recuerdo. En cuanto se percató, saltó al exterior.

«Tengo la energía justa», pensó. Caminó despacio hacia la escalera que llevaba a la calle. Agradeció la humedad y el calor, después del frío seco del metro. El bullicio de la calle la distrajo, por fortuna. No quería acarrear sus propias tribulaciones a casa de una moribunda.

Ante la avenida, se colocó detrás de una joven trajeada. Los carros pasaban veloces y alocados. La joven miraba a izquierda y derecha mientras toqueteaba su celular. En cuando se cerró un semáforo, la joven echó a correr y Delsa tras ella. Un nuevo esfuerzo físico que la hizo jadear.

La vivienda de Marcia se hallaba en el último piso de un edificio de cuatro plantas junto a la avenida. Pensó que aquella podía ser la última vez que se la jugase en la avenida. La última visita. Subió por las escaleras desportilladas hasta el último piso. La reja estaba abierta. Al tiempo que ella llegó, salía un hombre que la saludó cortésmente.

—Buenas tardes, señora.

—Buenas tardes, caballero.

Delsa entró y se detuvo en el pasillo. El aire, allá arriba, abiertas las ventanas, circulaba por las habitaciones y refrescaba el apartamento. Cuando el final llegara y se iniciara el velatorio, arrastraría los miasmas, se llevaría el olor. Salió a recibirla su hijo. Era alto y gordo. Por los laterales de una camiseta le asomaban gajos de carne oscura. La guio hasta un dormitorio del fondo.

Ocupaba la habitación una cama de hospital, cuyas barras bruñidas y sábanas inmaculadas contrastaban con las paredes sucias y los muebles viejos arrinconados.

—Póngase cómoda, mi doña —le ofreció el hijo.

—Antes he de saludar a mi amiga —respondió Delsa.

Se agachó sobre Marcia. Tenía la boca entreabierta y respiraba sin ruido, aunque su pecho se agitaba visiblemente. Sin las gafas y sin la expresión de todos los días, no parecía ella. Tenía los brazos tendidos a lo largo de los costados. Le tomó la mano que quedaba más cerca. Estaba tibia y seca.

—Buenas tardes, amiga, soy Delsa.

—Dicen que no oye —apuntó el hijo.

—Tu mamá oye todavía.

—Es verdad. Ayer se movió cuando le hablé.

—¿Ves? ¿Y qué le dijiste?

—Que usted vendría a visitarla.

—Qué lindo, hijo. Pero no malgastes tus palabras. Dile que la amas. Di: «Mamá, te amo».

—Póngase cómoda, doña Delsa.

Delsa se acercó a una pequeña butaca en un rincón. Junto a ella, había un viejo sonriente, que hizo un amago galante de levantarse, y volvió a sentarse. El hijo permaneció de pie. Los tres guardaban silencio. El viejo suspiró y el hijo carraspeó.

—¿Es usted familiar? —preguntó el viejo.

—Amigas de años. A este muchacho —y señaló al hijo— lo he visto gatear por mi casa.

El viejo miró al hijo con curiosidad, incapaz de reducir aquella envergadura a una criatura menuda y tierna.

—¿Desea tomar algo, doña Delsa? —preguntó el hijo.

—Sí, gracias.

El hijo se apresuró fuera del dormitorio y regresó con un jugo de tamarindo. El viejo miró el vaso y dijo, con una sonrisa tímida:

—¿Otro para mí?

—Por supuesto —respondió el hijo y regresó enseguida.

Se hizo de nuevo el silencio. De fuera, llegaba el fragor del tráfico. Delsa observó al hijo, que se había colocado de pie junto a la cabecera de su madre. Recordó al muchacho del metro, tan diferentes. Qué vulgar le pareció este al compararlo. Se sintió mal por pensar así. Mientras Marcia trabajó para ella, intentó instruirla, educarla, pero era terca. No cuidaba su dieta. Y atiborraba al niño, que acabaría como su madre, prematuramente encamado por una crisis coronaria. Experimentó un nuevo acceso de contrición. Marcia no se merecía eso. Dio un largo trago al jugo y se levantó.

—Hijo, debo marcharme ahora. Va a llover.

—Sí, váyase con tiempo. La acompaño.

El viejo hizo su galante amago de despedida.

En la puerta, le recordó:

—Dile que la amas, como hijo.

—Así lo haré, doña.

En la calle se había ocultado el sol. Soplaba un viento más fuerte. Cruzó la avenida aprovechando un vacío y se apresuró por las escaleras. Aunque llegó sin aliento, logró subirse a un tren que acababa de llegar. El viaje de vuelta fue rápido y sombrío. Había roto a llover. Las ráfagas azotaban las ventanillas. Al llegar, decidió tomar un taxi porque no llevaba paraguas. Las pocas personas que no se habían refugiado, corrían tapándose la cabeza. Ni rastro del joven de hacía un par de horas.

Al llegar a casa respiró con alivio. De nuevo en el hogar, a cuyo silencio empezaba lentamente a acostumbrarse, se sintió segura, cómoda. Se dejó caer en el sofá. Estaba cansada, muy cansada, pero había cumplido. Eso era todo. La última visita. Fue una despedida, aunque no quiso decírselo así al hijo. Habría sido una crueldad innecesaria. Prendió el televisor y lo estuvo viendo a medida que fuera, el día, se oscurecía, hasta que se le cerraron los ojos. Al despertar, consultó el reloj. Eran más de las siete. Se asomó al balcón. Las copas de los árboles se agitaban en la noche ventosa como criaturas asustadas.

Regresó a la cocina. Suspiró. Maldita gana tenía de cocinar para ella sola. Decidió llamar al picapollo de la Máximo Gómez. Pidió res en salsa, aguacate y yuca frita. Tardaron casi media hora en llegar. Ya se iba a quejar cuando llamaron a la puerta. Reconoció al repartidor. Era el joven apuesto de la entrada del metro. La camisa empapada se le adhería al cuerpo firme, casi una segunda piel sobre los músculos del pecho y el abdomen.

Al entregarle el dinero, se le cayó la mitad. Algunas monedas rebotaron escalera abajo.

—Perdona, hijo, ¡qué torpe!

—No hay problema, doña.

—Espera, no corras. Cuéntalo.

Le observó mientras pasaba las monedas con desgana. Tenía el cráneo rapado, perlado por las gotas de lluvia.

—No te vayas así. Deja que te traiga una toalla.

—No hay problema.

—Insisto.

Ya sola, se volvió al sofá. Desplegó la cena sobre la mesa de café y comió ante el boletín del Comité de Operaciones de Emergencias. Un coronel desgranaba las recomendaciones. En la esquina superior izquierda, una pantallita reproducía, una y otra vez, la trayectoria prevista del huracán, una espiral de colores a lo largo de la costa sur de la isla. Se acostó otra vez y volvió a dormirse con la toalla junto a la nariz. Mientras aspiraba el olor joven de sudor y humedad, cayó dormida, pero Marcia la interrumpió.

—Señora, no hace ni un año. Respete el luto.

—Métete en tus asuntos.

—Por el altísimo, señora, que este joven salga inmediatamente de la casa.

Delsa se volvió con cautela y comprobó que seguía dormido, junto a ella. Se llevó el dedo a los labios.

—Shhh —no lo despiertes.

—Con todo respeto, señora.

—Calla. Te paso la grosería porque te reconcome la envidia.

—Yo tenía a mi moreno.

—Pero tu hijo es gordo y feo.

Entonces se despertó. Sudaba bajo la camisa húmeda. Se sentía sofocada y ansiosa. Se levantó para prender el abanico del techo. El militar seguía en la televisión. Enumeraba, con lentitud metódica, las prevenciones de supervivencia. Cambió de canal varias veces, hasta que se aburrió. Observó los restos intactos de la comida. Se levantó para botarlos en el zafacón. Agarró el teléfono y llamó al picapollo para pedir más comida.

—¿Nada más?

—No, eso es todo... ¡Oh, sí, aguarde! El joven que vino ahorita. Olvidó algo.

—¿Qué joven?

—El moreno, flaco, camisa blanca.

—Dele la plata al repartidor y él se la entrega.

—No, no confío. Que venga él.

Se hizo un silencio.

—De acuerdo, doña, pero demorará.

—No tengo prisa.

—Ok.

—¡Espere!

—¿Algo más?

—No, el muchacho, ¿cómo se llama?

Vio la televisión mientras esperaba. Ahí estaba, de nuevo, el coronel. Migraba por los canales, como la progresiva toma del poder tras un golpe de estado. Delsa prestó atención para apaciguar la impaciencia. El ciclón discurría sobre el Caribe, a cincuenta kilómetros de la costa. «Recemos porque no vire al norte», dijo, impasible, el coronel. Delsa miró en torno suyo. Tenía que preparar la casa. Plegó los muebles de la terraza. Descolgó algunos cuadros y guardó fotos en los cajones, pero no terminó la tarea. «¡Qué fatiga!» Recordó a Marcia, postrada en la cama, en aquella habitación elevada de la esquina de su cochambroso edificio. Tan expuesta y vulnerable. Debían trasladarla al interior. Se imaginó al hijo gordo y al viejito sonriente empujando la camilla, atascados en los recodos, asediados por los vientos.

Sonó el timbre de la puerta.

—Buenas noches, doña.

—Buenas noches, Alison.

—Su pedido.

—¿Deseas un vaso de agua?

—Ya tengo bastante agua, doña —replicó con sorna—. Este es el último servicio. Más no me arriesgo.

—Comprendo. Si acaso, pasa a secarte.

—¿Otra vez? —dijo el joven con retintín. Había burla en sus ojos.

Hubo un silencio.

—Te pagaré —dijo ella.

—Dos mil.

Delsa se retiró para dejarle entrar.

El joven fue directamente al sofá y, mientras se desabrochaba los primeros botones de la camisa, miró las paredes.

—¿Ha quitado todo?

—Sí, por los vientos.

El joven se barrió el rostro con la mano. El agua le escurrió por el cuello de ébano.

—Siéntese, doña.

Delsa miró el balcón. En la oscuridad, las ramas se agitaban como locas.

—Vamos al dormitorio, amor.

—A sus órdenes.

Al entrar, Delsa se sobresaltó. Sobre la mesilla quedaba en pie un retrato de Rafael. Lo tumbó con brusquedad y se sentó. El joven se paró frente a ella, le atrajo las manos a su pecho duro, su vientre plano y el sumidero del ombligo, perfecto. Con cuidado, bajó por sí misma la mano hasta el cierre, lo abrió y palpó el bulto.

—Deme un ratito, doña.

Delsa le bajó el calzoncillo y le asió el pene. Era negro, grande, con el prepucio malva. Creció en su mano. Él hizo amago de desvestirla.

—No, amor, tengo vergüenza.

Se tumbaron, él sobre ella, tenso como una plancha. El pene colgaba ligeramente hacia la izquierda. La sobrecogió el miedo de no estar preparada, pero él la acarició y se introdujo premiosamente, con pericia. Delsa colocó las manos sobre su espalda. Al principio, sintió una punzada de dolor. Después, placer, felicidad, triunfo. Estaba sola en casa, su casa. Rafael ya no estaba y a Marcia se le acercaba el final. Nadie podría juzgarla. Cuando concluyó, el joven se vistió con prisa.

—Está soplando recio, doña. Se nos viene encima.

Delsa se apresuró a pagarle.

En la televisión encendida del salón el huracán giraba y giraba en una misma secuencia repetida.

El joven abrió la puerta para salir, pero se detuvo:

—Doña, coma todo lo que le traje. Debe cuidarse.

—Qué atento, amor.

No pudo dormir. El viento arreció, rugía en torno al edificio. Pensaba en Rafael, en los dos mil pesos, en Marcia. En Marcia. Cuando una lívida claridad perfiló los muebles, se levantó. Comió un aguacate y bebió un vaso de agua. Descolgó unos últimos cuadros. Las fotos que quedaban las colocó bajo el lavabo del servicio. Los almohadones del sofá y los cojines de la terraza los apiló en el cuarto de servicio. Ya iba a salir cuando se fue la electricidad y saltó el inversor. Las mamparas de cristal del balcón retemblaron por una ráfaga. Las corrió hasta el centro, solapadas, y abrió las ventanas del lado opuesto de la casa, para evitar una vorágine.

Llamó infructuosamente a la compañía de taxis, así que salió a la calle, desierta. El huracán, aún lejos, sorbía agua y energía del lecho caliente el Caribe. Vió acercarse un taxi, sorteando las ramas del suelo.

—Ha tenido usted suerte. Este es mi último servicio.

El viaje fue rápido y corto. Cuando se apeó, el taxi se alejó a gran velocidad con un chirrido de gomas. Delsa miró hacia arriba, al último piso, en cuya esquina agonizaba su amiga. El edificio se recortaba feo y frágil contra el cielo tumefacto de oscuros azules. Subió las escaleras tan rápido como pudo. Llamó a voces por la reja. El hijo se asomó por una puerta. Llevaba una camisa negra.

—¡Delsa!

—Ábreme, hijo —dijo, sin aliento.

—¡No ha debido usted salir!

—No quería dejaros solos.

—La he movido a otra habitación.

—Vamos.

Era un cuartucho sin ventanas. Una computadora vieja arrumbada en una esquina. Marcia yacía sobre la camilla, más pálida y delicada.

—Doña, aprovecho para bajar por unas latas y velas.

—Baja, baja tranquilo.

Delsa aproximó una silla a la enferma. Puso su mano sobre la de Marcia. Respiraba con suavidad. Los dedos estaban fríos. Los labios, resecos. El cabello sucio despedía un leve hedor a grasa. Un bramido grave vino del exterior. La respiración de Marcia se alteró, las manos se le crisparon sobre las sábanas.

—Sosiégate, amiga, que estoy a tu lado y el Señor te aguarda.

El viento arreció y todo el edificio pareció conmoverse. Una ráfaga recorrió la vivienda como si rebuscara entre los rincones. Delsa se levantó para cerrar la puerta, que comenzó a retemblar entre las jambas. Se oyó la reja. El hijo entró en el dormitorio cargado con dos fundas de plástico. Miró a su madre asustado.

—Se acerca el momento, mi hijo —se levantó Delsa y le cedió la silla—. Siéntate acá. Tómale la mano.

El hijo obedeció. Delsa aprovechó para cerrar la puerta. Marcia respiraba anhelosamente. La bombilla del techo parpadeó. Los labios de Marcia se separaron y emitieron un ronquido sibilante. El hijo se adelantó en la silla.

—Te amo, mamá.

—Está muriendo bien tu mamá, aquí con nosotros.

Delsa posó su mano sobre la muñeca de Marcia, junto a la del hijo. Percibió un eco de pulso. Siguieron así un rato, mientras el huracán azotaba la ciudad. El hijo lloraba, la cabeza sobre la mano yerta de su madre. Delsa se recostó sobre su corpachón sollozante y le acarició la cabeza. El mundo se deshacía fuera y, con el tiempo, se recompondría. En su apartamento, el aire debía de estar corriendo furioso, volcando muebles. «Lo arreglaré», pensó con serenidad. «Botaré muchas cosas. Y acaso pida comida al picapollo, otra vez».

Pastillas

El carro volaba por la autopista en mitad de la noche. Raúl le asía la mano para transmitirle calma. La respuesta del vehículo lo hinchaba de poder y excitación. Excepto por las luces lentas en la vía contraria, la pista estaba desierta, solo iluminada por la luna aureolada.

En quince minutos llegaron a la 101. Redujo la velocidad para internarse en el pueblo. Avanzaron por las calles y se detuvieron ante el paso a nivel del ferrocarril. Miró a Emely. Parecía más serena. El tren cruzó lentamente, exhalando a su paso los aromas del azúcar. Sobre los montones de caña, unos morenos observaban el pueblo con cansancio y altivez.

—Perdón por interrumpir la cena. Las olvidé —dijo ella.

—No te preocupes —la tranquilizó.

En cuanto se levantó la barrera, dos cruces más allá, se adentraron en un barrio tranquilo de casas bajas y callejones sinuosos sin salida. Se detuvo ante la entrada cercada de una casa blanca. Raúl hizo el ademán de acompañarla, pero ella lo frenó.

—Espérame acá.

Mientras esperaba, le sobrevino el temor de que se arrepintiera y no volviera a salir. Pero regresó. Venía cargada con una caja oblonga del tamaño de su antebrazo. Sonreía.

Raúl estaba nervioso por la expectativa del encuentro y por la excitación del deseo. Arrancó el auto y salieron del pueblo. Al incorporarse a la autopista del Coral, aceleró otra vez. Emely sacó unas pastillas y las tragó con agua. Cerró la caja y la dejó en su regazo. Le sonrió.

—Enseguida se me pasará.

—No hay problema.

—Son para los nervios. ¡No vayas a pensar que estoy loca!

—¡No! De hecho, me alegro de que estés aquí. Pensé que no te presentarías.

—¿Por qué?

—Te saco veinte años. Apenas nos hemos visto por fotos. ¿Y si hubiera hecho algo?

—¿Y si te lo hago yo?

Raúl calló y rio. Era un hombre fuerte, experimentado y ella una jovencita sin emancipar a quien había seducido con su acento y sus modales europeos. Al menos eso creyó durante el tiempo en que hablaron por las redes sociales, y, más tarde, cuando intercambiaron llamadas cortas y tímidas. Pero al verla allí, junto a él, no estuvo tan seguro. Podía acabar como otros antes que él. Embaucado por una mulata hermosa y atracado por sus compinches.

Abandonaron la autopista hacia Bayahibe. Redujo la velocidad para trazar la curva y entonces lo vieron: en cuclillas, aovillado en el palmeral, solo visible el fulgor de sus ojos. Una visión, animal o piedra, en perfecto equilibrio, inmóvil.

—¿Y ese niño?

—Sigue, no te detengas —dijo ella.

Y continuó.

—¿Qué era eso? ¿Un niño?

—Sí, eso parece.

—¿Y qué hace un niño solo por la noche en un lugar así?

—Mejor no averiguarlo.

—¿Y si necesita nuestra ayuda?

—Mejor no arriesgarse, Raúl.

—¿Qué podría hacernos?

—¿Él? Nada —replicó Emely y lo miró con una expresión seria—. Pero no sabemos si está solo.

La carretera, a medida que retomaron la velocidad, se hizo sinuosa y estrecha, flanqueada por una vegetación muy prieta. La pista subía y bajaba, se curvaba.

—¿Esto sucede?

—¿Qué cosa?

—Que coloquen a un niño como cebo.

—Claro, amor. ¡Pareces nuevo acá!

Raúl sonrió. Le gustaba el carácter de Emely. Frágil y segura a la vez, osada y sexi. Continuó manejando hasta la desviación de playa Dominicus. Dejaron la carretera del pueblo a la derecha y tomaron una cuesta que subía aneja a un muro de piedra alto y almenado. La pista se estrechó de nuevo. A ambos lados se abrían entradas ostentosas de resorts, colmados iluminados por neones de colores y los parqueos de complejos de villas para ricos. El GPS del celular les avisó de que quedaban apenas seiscientos metros. Redujo la velocidad y aparcó. Llamó al teléfono de la web y una mujer con acento extranjero no tardó en salir.

El apartamento constaba de un salón con cocina americana, un dormitorio grande, otro pequeño y un baño. Una pequeña terraza se asomaba desde la tercera planta a una piscina sucia. En cuanto se quedaron solos, Raúl preguntó:

—¿Tienes hambre?

—Ya no.

—¿Te sientes mal todavía?

—No, ya me hicieron efecto —sonrió y añadió con una media sonrisa—: Ahora me quiero comer otra cosa.

Se acercó, le echó los brazos al cuello y se besaron, intensa, apasionadamente. Emely le agarró con fuerza el cuello de la camisa y jaló de él. Sintió la excitación mientras la abrazaba y le acariciaba la piel expuesta de la espalda.

—¿Y sed? ¿Tienes sed? —preguntó Raúl.

—Sí, eso sí.

Emely se sentó en el sofá con las piernas juntas. Raúl sacó un par de cervezas de una bolsa y se sentó junto a ella. Dieron unos tragos sin dejar de mirarse y volvieron a besarse. Se volcó una cerveza y rieron, pero siguieron besándose.

—¿Vamos al dormitorio?

Allí le quitó la blusa y el sostén. Los pechos pendían con naturalidad. Se sentó a horcajadas sobre él y le desabrochó el cinturón, pero se detuvo:

—¿En dónde estás, amor?

—Perdona, linda, me acordé del niño.

Emely hizo un mohín con sus labios gruesos, toda una expresión de tierna sensualidad.

—Pero yo estoy aquí —dijo con firmeza, le tomó una mano y la posó en uno de sus pechos: grávido, turgente, un milagro.

Fue un encuentro ansioso. Ella estaba más húmeda que otras amantes. Se movía con energía, lo atraía con voracidad. Cuando terminaron, jadeantes, se separaron para que el abanico del techo secara el sudor de sus cuerpos. Emely se giró de espaldas y Raúl posó su mano sobre su cadera.

—Emely.

—Amor.

—¿Estás bien?

—Divino, amor.

—Me estaba preguntando...

—¿Más? —rio ella— ¿No me dejas un tiempito?

—Ja ja. ¡No! Estaba pensando que quizá debería acercarme un ratito al cruce, para asegurarme de que el niño está bien.

—Tengo sueño, Raúl, no quieras que te acompañe.

—¿No te importa?

—No, pero solo mira y regresa. Ten cuidado.

—De acuerdo.

Raúl se levantó y comenzó a vestirse, pero se detuvo un instante fascinado. El cuerpo desnudo de Emely era un trazo sinuoso y oscuro sobre la sábana blanca. Tenía los ojos cerrados. La tapó con delicadeza y salió. Ya montado en el carro sintió hambre, así que decidió comer algo antes de manejar al cruce. Se apeó y anduvo hasta el final de la calle, que desembocaba en una rotonda sin salida frente a la playa. El restaurante permanecía abierto, aunque solo quedaban dos clientes. El mismo camarero estaba recostado contra la barra, abismado en el celular. Entra la camisa abierta se veía su piel anaranjada por muchos años en el trópico.

—Buenas noches.

—¡Oh, amigo! —respondió con efusión— ¿Y la *ragazza*, mejor?

—Sí, sí, gracias. Un mareo... mucho cansancio.

El hombre dejó el celular y se acercó sonriente. Se acodó frente al Raúl.

—¡Yo viví con una *ragazza* con un carácter...! Se encolerizaba, se entristecía, me amaba, me arañaba... —dijo, evocador—. *Vuoi qualcosa da mangiare?*

—Sí, por favor.

—¿Y para la *ragazza*?

—Está dormida.

—¡Ah, pícaro! —exclamó con voz estentórea.

Le trajo un sandwich y un jugo de chinola.

A medida que se iba llenando experimentó un acceso de felicidad. Qué simple, qué fácil y primitivo. Eyacular y comer.

—Oiga —llamó al hombre.

—*Tuto bene?*

—Perfecto. Muy bien. Una pregunta.

—A sus órdenes.

—¿Vive usted por acá?

El camarero se limitó apuntar con un dedo enhiesto hacia arriba, donde se veía una segunda planta a oscuras.

—Siempre en la playa, ¿eh?

—El paraíso —afirmó, y extendió los brazos a la noche fragante y cálida.

—¿Maneja usted a La Romana?

—¡Claro! La comida, la bebida, aquí no hay nada.

—¿Vive alguien en el cruce?

—¿Qué cruce?

—El de la autopista.

—No, vacío, solo palmeras. El gobierno no lo permitiría, junto a la autopista. Los turistas, ¿entiende?

—Yo vi un niño.

—¿Un niño?

—Sí.

—¡Bah, hay niños por todas partes! —y con el impulso de la exclamación se alejó por la barra, para limpiar y recoger algunos vasos.

Raúl concluyó la cena, pagó y desanduvo el camino hasta el carro. La noche exhalaba voluptuosas fragancias vegetales. Dudó, pero se subió al carro y salió a la carretera. Rebasó otra vez las entradas suntuosas de los resorts, la abigarrada iluminación eléctrica de los colmados y las discretas siluetas de las villas de lujo. Llegó a la curva previa a la cuesta, zigzagueó entre las sombras de los palmerales negros y divisó el cruce. Aminoró la velocidad y apagó las luces. Detuvo el carro en el arcén y se apeó.

Bajo el silencio abisal del cielo, cruzó la pista, despacio. Escudriñó la oscuridad. Ni pájaros, ni insectos. Nada. Ya pensaba regresar al apartamento, cuando oyó un ruido seco. Se quedó perfectamente inmóvil, atento. Advirtió una sombra viva junto a una palmera, que se desligaba y unía al tronco. Dos escleróticas blancas brillaban y desparecían con cada parpadeo. Raúl dio un paso hacia adelante, después otro, y otro, con cautela, para no asustarlo.

Era delgado. Las orejas se le separaban del cráneo. Tenía el ceño fruncido y una mirada suspicaz. Al final de los brazos, los puños cerrados. Vestía solo unos jeans, sin camiseta, sin zapatos.

—Buenas noches —dijo Raúl.

El niño no se inmutó.

—¿Cómo te llamas?

El niño desvió la mirada una fracción de segundo. Raúl dio tres pasos más. Se hallaban ya a una distancia a la que podían fácilmente observarse. Le pareció más pequeño, reducido, atrofiado. En la comisura de sus ojos, había arrugas y tenía los labios secos.

—¡Eh! —le increpó— ¡Te he dicho buenas noches!

El niño volvió a desviar la mirada, más allá de Raúl, que se giró, asustado y alerta, pero no vio a nadie. Dio un paso más hacia delante. El niño no retrocedió. Apretó más los puños y se encogió, como si estuviera tomando impulso. Cuando estaba muy cerca, Raúl comprendió su error. ¡No era un niño! Se trataba de un hombrecillo achicado, consumido, reseco. Las escleróticas amarillas le recordaron el fondo decantado de un inodoro. Entre los labios viejos asomaban unos dientes cariados y filudos.

Sobrecogido por el asco, trémulo de ira, saltó sobre el hombrecillo. Le echó las manos al cuello, apretó y lo levantó en el aire. El hombrecillo se revolvió con furia. Un puntapié le acertó en los testículos. Raúl dejó que el dolor alimentara su odio y apretó más. El hombrecillo profirió un grito terrible, áspero. Apenas llegaban sus cortos brazos a arañarle las mejillas. Raúl comenzó a girar y girar hasta que lo soltó. El impacto contra el tronco de la palmera fue opaco y profundo. Raúl se agachó, jadeó, resopló, escupió. Le dolía la entrepierna.

—¡Eres un mierda! ¡Un engendro! —gritó al bulto inmóvil.

Dio pasos vacilantes hasta el cuerpo y lo volteó con un pie. Parecía dormido. La boca abierta, entre los labios suaves y húmedos, dejaba ver sus dientecillos blancos. La cabeza, de lado, estaba cubierta por una pelusilla suave. La nariz rota sangraba, pero no afeaba la ternura de su rostro infantil.

Raúl retrocedió, horrorizado. Miró en torno, pero no había testigos. Echó a correr hacia el auto. El dolor de la entrepierna se le irradiaba por la espalda y el vientre. Arrancó el vehículo y huyó a toda velocidad. Trató de calmar su corazón desbocado. Le costaba controlar la dirección. Los neumáticos chirriaban en las curvas. Redujo la velocidad y bajó las ventanillas. Se restregó los ojos velados. La carretera, la vegetación y el haz de los faros se confundían. Al llegar a la intersección de la playa Dominicus, apenas aminoró la marcha. El muro almenado se recortaba contra el cielo estrellado como una sierra oxidada. Los resorts absorbían la luz de una noche cada vez más tenebrosa. Los colmados fosforescían como peces espasmódicos en una fosa submarina. Las villas se habían refugiado en su jactanciosa seguridad.

Se detuvo en el parqueo del complejo de apartamentos. Se dio unos minutos para respirar profundamente. Antes de entrar, se descalzó. Emely seguía dormida, en la misma postura que la dejó. Penetró en el baño, encendió la luz del espejo y se examinó los arañazos. Temió que se le infectaran, así que se lavó la cara con abundante jabón. Se atusó el cabello alborotado. Se bajó el pantalón y se tocó los testículos. Reprimió un gemido de dolor.

Volvió al dormitorio. Emely se había volteado. Un pecho desnudo, coronado por un pezón muy oscuro, exhibía su perfecta redondez. Raúl la observó, fascinado, y comenzó a desvestirse. Retiró la sábana y le besó el vientre. El ombligo tenía un sabor acre. Emely gimió en sueños. La penetró con el pene duro como un tronco. Solo entonces ella abrió los ojos, le echó los brazos al cuello y murmuró:

—¿Encontraste al niño?

Siempre al este

El teléfono sonó a las tres de la madrugada. Una llamada extemporánea siempre asusta. A uno se le agarra un nudo en las entrañas mientras el timbre suena alarmante en la oscuridad. Me levanté y avancé a tientas. Descolgué el auricular junto a la puerta de la cocina y contesté:

—*Halo?*

—¿Buenas tardes, es usted Bruno Gabriel? ¿Habla usted español?

—Sí, hablo español—me limité a responder.

—Buenas tardes. Lo llamamos de la televisión. Estamos en vivo. Buscamos a personas desaparecidas y nos gustaría saber si es usted Bruno Gabriel.

Guardé silencio por unos instantes. Me llegaba un eco de distancia y de espacios abiertos. Imaginé al público, a los cámaras y técnicos expectantes.

—¿Buenas tardes? Queridos telespectadores, es posible que tengamos un fallo técnico, porque se trata de una llamada de larga distancia...

—Acá estoy —respondí y provoqué un rumor de alivio

—Buenas tardes, caballero. Le decía hace unos instantes si haría el favor de confirmar su identidad. Estamos en vivo en la televisión, en un programa de personas desaparecidas...

—No me busquen —interrumpí y colgué. A continuación, agarré el cable bajo el teléfono y lo arranqué de cuajo. El silencio volvió a ser perfecto.

Regresé a la cama e hice lo posible por conciliar el sueño. Inútil. Mi cabeza había huido lejos, muy lejos, a otro huso horario donde aún no se habían acostado. Y todos mis recuerdos se me habían venido encima como una librería cuyo equilibrio dependiera de un solo volumen. El derrumbe fue sonoro en mi cabeza y particularmente doloroso. Recordé que había huido de la muerte y temí que, con mi voz sonando en el directo de un programa de la televisión de mi país, la muerte viniera ahora tras de mí y tras de los míos. Empecé a sudar. En cuestión de días podían dar conmigo. Aunque me hubiera apresurado a cortar la llamada, alguien acudiría a los estudios de la televisión y penetraría directamente en la cabina de los técnicos. Nadie se lo impediría, porque su poder era conocido, y nadie, por supuesto, se resistiría a proporcionar la información: «¿A qué número de teléfono han llamado? ¿De qué país es este prefijo?»

Bruno Gabriel. Hacía tiempo que no escuchaba mi nombre. A veces me lo decía a solas, frente al espejo, al despertarme, mientras me afeitaba y preparaba para salir, una mañana más, a trabajar. Y entonces me sonreía, un poco teatralmente, y me decía: «Buenos días, Bruno». Era mi secreto tributo a mi identidad escondida, porque cada jornada yo era otro hombre y llevaba siéndolo más de veinte años. Pero tantos años no cuentan para quien alimenta un espíritu de venganza que ni se apacigua ni caduca. Y aquellos ya debían de estar dirigiéndose a los estudios de televisión. El temor a mi pasado me había pesado durante todo este tiempo de exilio y había impedido que yo alcanzara, las veces que la había rozado, una felicidad plena en mi nueva vida. Vivir bajo amenaza, aunque procediera de otro continente, a miles de kilómetros sobre el Atlántico, bloquea, inhibe. Ahora, para bien o para mal, aquello habría de acabar. Porque yo no iba a huir. No iba a cambiar de ciudad, ni menos aún de país. Tenía amigos, dos hijas, una exmujer y unos cuantos enemigos. La vida que todo hombre de mediana edad podía fácilmente completar. Esperaría. Era cuestión de tiempo. No mucho tiempo, porque se movían rápido y contaban con sus propios medios de transporte y dinero para reducir las distancias. Y es que, como muchas otras cosas, las distancias son cuestión de dinero. Yo no tenía dinero suficiente para escapar. Sí, se me pasó por la cabeza cuando arranqué el cable, pero es que entonces me asaltó el pánico y pensé solo con la fibra de la supervivencia. Luego, cuando me calmé, me puse a considerar todo lo que había forjado tras veinte años y tomé la decisión: esperar y enfrentarme a ellos. Mejor morir aquí que dejar mi cadáver tirado en el andén de cualquier carretera de Bielorrusia, destino a donde siempre había pensado huir de haberse presentado esta situación. Siempre al este, me decía, siempre al este.

La llamada había sonado a las tres de la mañana y había pasado varias horas mirando el resplandor del reloj digital sobre la mesilla. Eran ya las siete y media de la mañana, así que me levanté, fui al baño y me saludé: «Buenos días, Bruno. En las próximas horas te dedicaré un tiempo especial». Me duché, fui a la cocina y tomé un desayuno más calórico de lo que acostumbraba: salchichas y huevos. Nevaba sobre la ciudad. No era una nieve copiosa pero sí tenía una persistencia lenta que yo había aprendido a identificar. Preví muchas horas de nieve sobre nieve, pues estábamos en febrero y el suelo había desaparecido hacía muchos meses. Me vestí rápido, cerré mis botas y me eché a la calle.

Los copos, mientras caminaba hacia la avenida, hacían una caricia húmeda sobre mi rostro. Primero me dirigí hacia el colegio de mis hijas. Disponía de coche, pero el recorrido era muy corto y prefería llegar con discreción. En algunas zonas, las piernas se me hundían hasta la rodilla, pero en diez minutos me hallé ante la puerta. El conserje no me reconoció al principio, pero enseguida me dejó pasar. Era calvo y ligeramente grueso. Tenía una cordialidad ruda. Sus manos encallecidas eran de hierro. Sacudí mis botas en la red de goma que hacía de alfombrilla en el zaguán. Me informó, muy serio, de las aulas de mis hijas: «Nada importante», traté de tranquilizarlo, pero mientras ascendía las escaleras sentí su ceño preocupado en mi nuca. Por el ventanuco del aula las distinguí sentadas. Gosia tomaba notas y Alba miraba hacia un ángulo que yo no alcanzaba, donde debía de hallarse el profesor. Llamé tímidamente, dos veces, con los nudillos, y muchos rostros se giraron. Abrí y, con una sonrisa, pedí hablar con ellas. El profesor, un hombre joven, accedió sin problemas, pero su entrecejo se frunció como el del conserje. La gente huele los problemas. Es un instinto. No se enseña. Una llamada extemporánea, una visita inopinada de un padre: da igual.

Gosia y Alba dieron las gracias y salieron obedientes. En el vestíbulo las miré a la cara. Estaban serias. Vi en sus rostros el depósito genético de mis padres, de mis abuelos. «Esta tarde iréis con vuestra madre», les dije. «Me han llamado para un trabajo fuera de la ciudad», les dije. «Será mucho dinero», añadí, y me sentí ridículo. No éramos ricos, pero llevábamos una vida cómoda y mis hijas nunca habían sido veleidosas. Su madre era muy recta con ellas. «Vale, papá», asintieron, me dieron sendos besos y regresaron a su aula. No me di tiempo a arrepentirme, porque no era ocasión para despedidas y solo considerar tal posibilidad podía hacer que mi corazón se detuviese, congelado por la pena. No podía permitirme la pena.

Abandoné el lugar y regresé por el mismo camino que había tomado al venir. Comprobé que mis huellas se habían borrado de las aceras. La nieve era, en efecto, tan lenta como pertinaz. Al llegar a mi edificio lo rodeé y, esta vez sí, cogí mi coche. Arrancó a la segunda. Era viejo pero fiable. El hospital donde trabajaba Ania se hallaba a unos cuantos kilómetros de distancia, cerca de un extenso parque. Prestaba servicio a parte del noroeste de la ciudad y en él habían venido al mundo Gosia y Alba. Tras aparcar bajo un abeto cargado por la nieve, penetré en el edificio. Atravesé varias puertas batientes y llegué a la zona de administración. Abrí y asomé la cabeza, otra vez sonriente. Una primera secretaria, que bien me conocía, me observó con la misma expresión que el conserje y el profesor en el colegio de mis hijas. Mantuve mi sonrisa impostada y pregunté por mi mujer.

«Ha salido a la cafetería», me respondió. Sabía dónde estaba la cafetería, porque había pasado allí largas horas, primero durante la estancia de Ania por los dos partos, y después por la muerte de mi amigo Carlos, cuyas últimas horas compartí con su familia. Así que aquel era un lugar de alegría, tristeza y culpa, un poco de culpa, pero era anónimo y a aquellas horas de la mañana solía estar vacío. Cuando entré, de hecho, estaba desierto. Ni siquiera vi a la camarera. Ania estaba sentada de espaldas a la puerta, así que la sorprendí al acercarme. Me senté en la silla de enfrente y mi sonrisa se borró como si la hubiera llevado pintada y le hubieran arrojado un balde de agua.

Ante ella no podía fingir:

—Hay un problema —comencé—. Se trata de algo que ocurrió hace mucho tiempo, en mi país—. Ania apenas reaccionó. En sus ojos brilló una luz.

—¿Qué clase de problema?

—De la clase que me obliga a mí a retirarme y a ti a llevarte a las niñas esta noche —le aclaré.

Ania se enderezó como tocada por una corriente.

—¿Por qué? ¿Corren peligro?

—Es mejor que estén contigo —respondí. La luz en sus ojos brilló con mayor intensidad.

—No tengo tiempo de darte más explicaciones. Solo quería avisarte de que las recojas tú —me levanté, le di un beso en la mejilla y me alejé hacia la puerta.

Cuando salía, le escuché: «Cuídate».

Solo me quedaba una gestión. Solo una más, y aquello sí tenía la discreción garantizada. Ya no quedaba nadie que intuyese mi preocupación. Nadie que temiese por mí. En mi coche me dirigí al cementerio. Era un lugar muy bello. Estaba tras de una iglesia de ladrillo rojo. Cada tumba en su espacio a ras de suelo y cubierto todo por árboles muy frondosos. Estaba oscureciendo. La nieve cubría los caminos y de muchas tumbas solo asomaba la lápida. Nevaba menos y el frío era más intenso. Mis pisadas comenzaban a crujir. Encontré el lugar fácilmente. Solo lo había visitado una vez, cuando lo enterraron, pero recordaba bien cómo llegar. Me detuve y respiré hondo. ¡Qué sinceridad permiten los muertos! ¡Qué alivio frente a las imposturas de los vivos! Allí yacía mi amigo, a cuyas últimas horas había asistido en el hospital donde trabajaba Ania. Yo mismo le había descerrajado un tiro en la nuca, de modo que apenas pudieron hacer nada por él. «Vienen por mí», le dije. «Me han encontrado de la forma más estúpida, Carlos. Por eso he venido, para darte las gracias por este tiempo extra, si acaso no logro prolongarlo y acabo haciéndote compañía». El frío arreciaba. Debía apresurarme. «Adiós», dije y regresé por los caminos cada vez más endurecidos.

A la salida me monté en el coche y arranqué. Habían pasado ya doce horas desde la llamada nocturna. Eran las tres de la tarde y la noche se cerraba sobre la ciudad. Calculé que antes del amanecer ya estarían cerca. Me dirigí hacia el centro y dejé el coche a la entrada de la calle Podmurna. Caminé con paso rápido hasta que llegué al portal de un viejo edificio. Yo había vivido allí los primeros dos años de mi estancia, y al marcharme, había dejado algo escondido. Subí la escalera. Apenas veía nada, pero me guie de mi memoria y llegué tanteando a uno de los últimos peldaños, donde la escalera se volvía muy pina. De rodillas, hice fuerza y logré que crujiera. Tras dos intentos más, lo arranqué. Saqué un bulto. Estaba doblemente envuelto, en un plástico y en una tela. Era mi revólver, y brillaba como el primer día. Estaba helado. Confiaba en que funcionara, pero debía limpiarlo, así que descendí la escalera y salí a la calle. Llevaba el bulto bajo el brazo y no sabía a dónde ir. Hacía cada vez más frío y necesitaba un lugar cerrado, donde no se me entumecieran los dedos. Anduve calle abajo hasta que encontré un portal abierto. Una escalera desvencijada ascendía hacia la oscuridad. Bajo la escalera, había una puerta abierta y, dentro, una bombilla encendida que colgaba desnuda del techo. La encendí, me senté en una caja y comencé a limpiar el arma. No lo había olvidado, pese a los años. Al cabo de media hora salí de allí sin el bulto de plástico. Ahora podía sentir la dureza fría del arma en mi espalda, tras el cinturón. Ya solo me quedaba esperar. Ahora sí, nada quedaba por cancelar, por cerrar, por resolver.

Solo esperar.

No podía rehuirlos, sino atraerlos, enfrentarlos y acabar cuanto antes. Por eso regresé a casa. Eran las cuatro y media y aún quedaban muchas horas de noche helada por delante. Cuando llegué todo estaba como siempre. Tampoco tomé ninguna precaución porque tenía la certeza de llegar primero. Una vez dentro, sin haber encendido ninguna lámpara, me pregunté: «¿Y ahora qué?». La angustia se me anudó en el vientre de tal forma que pensé volver a salir, pero me tranquilicé y me di cuenta de que no había comido absolutamente nada desde el desayuno. Así que fui a la nevera y me preparé un sándwich con encurtidos y dos tipos de jamones ahumados. Me senté a comer en el sofá, al resplandor único de la nieve que fosforescía, otra vez, en el exterior.

Estuve así más de una hora, el tiempo que me tomó el sándwich y algo más. De pronto escuché un ruido. Eran pasos, pasos muy cautelosos, difíciles de ubicar. Al principio pensé que estaban tras mi puerta y agarré el revólver. Después los sentí más cerca, pero en otro nivel. Eran pasos sigilosos, pero no inmediatos. Se trataba de ellos, no tenía duda, pero no se hallaban tras mi puerta. Entonces lo descubrí. Estaban en el piso de arriba. Me quedé paralizado. No me esperaba esto. Jamás les habría atribuido un error. No fallaban. Una vez localizada la llamada, habían de encontrar primero el país, después la ciudad, la calle, el edificio, el apartamento...

Y en ese instante comprendí. Hace años, al llegar a este edificio, el vecino de arriba y yo descubrimos que recibíamos llamadas cruzadas. A él le llegaban llamadas de Ania, desde el hospital, y a mí me llegaban llamadas de su hija, desde el extranjero, preocupándose por su salud, porque se trataba de un hombre viudo y jubilado que vivía solo y cultivaba un humor de perros. Llamé un par de veces a la empresa de telefonía, pero me irritaban los servicios automáticos de respuesta, así que yo mismo anduve entre los cables y logré que cada llamada llegara a su destinatario. Por alguna razón mi apaño no había cambiado la localización de la llamada y ahora uno o dos hombres venidos de miles de kilómetros al oeste iban a matar a tiros al pobre hombre. Debía decidir si subir a ayudarlo o dejar que lo acribillaran.

Decidí subir.

Salí al pasillo y ni siquiera me atreví a cerrar mi puerta, para no hacer ruido. Por supuesto, tomé la escalera. Ahora no se oía nada. Iba palpando las paredes, recalentadas por los tubos de la calefacción central. Llegué arriba y me detuve tras la esquina. Me asomé con precaución y vi dos sombras justo cuando penetraban en el apartamento de mi vecino, una tras otra. Me deslicé rápido junto a la pared hasta llegar a la puerta, que habían dejado abierta. Llevaba amartillado el revólver. Me asomé y no vacilé. Al primero lo alcancé en la nuca. El segundo solo tuvo tiempo de girarse y le di en la cara. Este cayó encima del otro, gimiendo. Me acerqué y lo rematé en la coronilla. Tembló solo un instante. En el tambor me quedaban dos balas. La casa estaba a oscuras, pero junto a la cortina descubrí una tercera sombra que me observaba. Mi vecino. Estuvimos unos instantes mirándonos sin vernos. Al hombre debía de paralizarlo un miedo cerval, porque parecía un mueble. Levanté el revólver y disparé. Iba a disparar una última vez cuando la sombra fue deslizándose lentamente hacia abajo, como si se hundiera absorbida por el suelo. Me acerqué y lo contemplé. Llevaba un pijama azul raído. Fuera, tras la ventana, nevaba y los copos propagaban un resplandor que dejaba los edificios como enormes monolitos de pizarra.

Salí de allí saltando sobre los cuerpos. Mi revólver ya no estaba frío. Lo sentía como una prolongación de mi mano, eficaz, tan eficaz como cuando lo usé contra Carlos, cuando amenazó delatarme. «De momento no te haré compañía, amigo mío», pensé. En mi apartamento tardé solo una hora en hacer las maletas. En torno a nosotros no había vecinos y nadie parecía haber llamado a la policía. Cuando salí a la calle, los copos de nieve caían sobre mi rostro con una caricia húmeda. Me monté en el coche, arranqué y enfilé la avenida. En cuanto tuve oportunidad, doble a la izquierda, y me dirigí al este, siempre al este.

Just in çase

Soy un hombre grande, fuerte. Admito que en los últimos años he ganado peso, pero soy joven y, si quisiera, podría tumbarlo de un solo golpe en la mandíbula. Desde la ventana de mi dormitorio no alcanzo a distinguirlo, pero estoy seguro de que sigue ahí, recostado contra el tronco fibroso del ciprés, fumando. Lo sé porque de vez en cuando la brasa de su cigarrillo se enciende y relumbra como una luciérnaga en la oscuridad de la noche. Si no me hubiera desvelado y me hubiera levantado para abrir la persiana, una noche más habría pasado sin que me diera cuenta. De nada me vale envalentonarme; nada puedo hacer, y si pudiera, no estoy convencido de tener el coraje para enfrentarme con él. Más allá de su presencia, la calle parece tranquila. Las luces de los porches permanecen encendidas y son casi el único alumbrado. La farola más cercana se levanta allá en la intersección. No puede decirse que sea un barrio elegante, pero a mí me gusta y puedo afirmar que soy feliz aquí. Más aún ahora, cuando el ardor del verano no ha comenzado y paso horas en el jardín, frente a la casa, arrellanado en una silla plegable verde que compré por diez dólares a un vecino. No está permitido fumar en el interior, pero a estas horas de la madrugada me lo permito, porque mis compañeras duermen un sueño hondo en sus habitaciones cerradas. La única precaución que observo es inhalar detrás de la pared, para que la combustión no me delate a sus ojos, en el caso de que esté acechando la casa.

Ayer vino Eva. Cuando aparcó su coche y salió, pensé: «Está envejeciendo». No sé por qué razón su nariz me pareció más aguileña de lo habitual y sus brazos enflaquecidos. Es posible que esté deprimida y eso explique por qué últimamente, desde que convinimos en restaurar la amistad que fraguamos antes de nuestra ruptura, me visite cada fin de semana, y acepte pasar unas horas sentada junto a mí, cruzadas las piernas y bajando la mirada para comprobar no sé qué armonía entre su pecho y la blusa. Hablamos de todo, pero sobre todo hablo yo. Ella escucha con una paciencia que me hace concebir la idea de que lo hace con arrobo, con fascinación, aunque ya hace mucho tiempo que mi acento español haya dejado de seducirla. Ayer vestía una blusa de color verde. Por casualidad, se había sentado en mi silla y le hice observar que con el fondo del pino que se yergue al borde de la calzada constituía un conjunto muy hermoso. Ella respondió que, para que fuera totalmente como decía, debería haber tenido ojos verdes. «Como la puta ésa», añadió. Aunque me contestó con una paz infinita, preferí cambiar de asunto.

Le hablé de mi vecino, cuya casa linda con la mía. Le conté que hacía dos semanas lo había invitado a tomar una cerveza. Él estaba fuera, de pie frente a su puerta entreabierta, y sacudía un guante de jardinero. Rehusó con un gesto de su cabeza, sin pronunciar palabra, y siguió sacudiendo su guante, de cuyo interior caía un polvillo gris. Si yo hubiera sido un correcto ciudadano de este país me habría sentido ligeramente ofendido, pero lo saludé con la mano y una cómplice inclinación de la cabeza y me metí en casa. Dos días más tarde, poco después de empezar el desayuno, oí que alguien corría, pero la carrera cesó a los pocos instantes. Después de unos minutos volví a oírlo. Esta vez me asomé a la ventana y vi a mi vecino atravesar velozmente su jardín, entrar en la calzada, avanzar unos metros y detenerse cerca del cruce, estirando el cuello como si oteara tras la esquina. Regresó despacio, cabizbajo, con una ostentosa expresión de decepción en sus brazos caídos y se encerró tras su puerta. Yo quedé observando la mañana, la limpidez del cielo de Arizona, mientras daba sorbos a mi café. Entonces volvió a salir, más rápido que la vez anterior, y corrió con toda su energía hasta el término de la calle, donde se detuvo. Allí se estiró como si se inclinara sobre un precipicio y observó. No pareció satisfacerle lo que veía porque se llevó las manos a la cabeza en señal de desesperación y después las bajó por la cara, cubriéndose la nariz con las palmas abiertas, reflexivo. Todos estos gestos pude verlos con claridad, porque los hizo parcialmente vuelto hacia la calle, como si quisiera exhibirse. «Especialmente ante mí», recalqué, y Eva me dirigió una mirada que podía significar tantas cosas que incluso podría no haber tenido relación ninguna con lo que acababa de contarle. Eva tiene una forma de escucharme que me aboca a la sobreactuación, a la parodia, al histrionismo. Creo que la clave está en sus cejas, y en ese rictus de sus labios maravillosos que parecen prontos a prorrumpir en un desplante. Antes, Eva llegaba a intimidarme. Ahora, puedo dejar de contarle la historia de un vecino desequilibrado sin importarme que ella piense que me interrumpo porque no me cree.

En honor a la verdad, Kristos fue quien lo complicó todo, hace ya un par de meses. Con esa actitud suya de hombre fajado en la vida real, a pesar de sus veintiún años, y una confianza en sí mismo que en ocasiones me irrita, alzó una botella y le invitó a unirse a nosotros. Eran ya las once de la noche y Kristos llevaba bebiendo más de tres horas. Cuando está borracho, su esfuerzo por hacerse inteligible dota a su inglés de una precisión y claridad que le hace a uno pensar que se halla ante un hombre cultivado, cuando en realidad nunca fue a la universidad y no puedo imaginarlo leyendo un libro. Aquella noche supimos que mi vecino se llama David, que había trabajado en California para una empresa que fabricaba los fuselajes de muchas bombas que cayeron sobre Irak en los noventa, pero que ahora estaba jubilado, y vivía en Arizona para estar más cerca de su hermana, la única familia que le quedaba. A pesar de esto parecía relativamente joven; no creo que contara más de cincuenta años, a juzgar por la energía con que palmeaba la espalda de Kristos y por la vehemencia de su risa, que tenía un timbre procaz. No vi nada en aquellas horas que pudiera considerar un signo indubitable de locura. Después, Kristos me contó que en más de una ocasión había sentido el impulso de estallar con violencia, golpearle, aliarse conmigo en un linchamiento sobre el suelo, junto a la mesa volcada, pero no supo explicarme por qué. Sí había notado, podía asegurármelo, que a mitad de la conversación David había aproximado inadvertidamente su silla a la suya, pero pronto se despreocupó, olvidado en su empeño por elaborar un discurso nacionalista griego, que David escuchó con una paciencia que yo hace tiempo he perdido.

El mismo dueño al que alquilamos la casa donde vivo posee un complejo, un conjunto de casas agrupadas frente a la mía que desde la calle parecen solo dos, pero que son cuatro o cinco. De las que dan a la calle, una está ocupada por tres jóvenes rubias, muy atractivas, que aparcan sus coches en fila, uno tras otro en la entrada asfaltada, de forma que se ven obligadas a salir frecuentemente para moverlos cada vez que una de ellas necesita salir. Entonces puedo verlas desde mi salón; con más dificultad desde mi dormitorio, porque un seto crecido reduce el campo. No sé si debería sentirme culpable, pero el caso es que me hacen sonreír sus muslos rubios y atléticos. Alguna vez las he saludado, e incluso me he presentado. Son muy amables. Cuando les daba la mano me preguntaba qué contraste ofrecería junto a ellas, que al fin y al cabo no son muy altas, con mi barba de una semana, de hirsutos cañones negros y mi cabello ondulado, tan retinto que brilla. A costa de muchos años de socializar he logrado superar una timidez de la que solo queda un tenue temblor en mi voz. Por alguna razón creo que este vestigio me confiere el atractivo de la vulnerabilidad y a veces lo exagero. En una ocasión, cuando les hablaba de mi origen, me pareció ver en los ojos de una de ellas un principio de simpatía, y ya me animaba a continuar con la charla cuando vi a David, al otro lado de la calle, de pie junto a la calzada. Me miraba y en sus ojos había una expresión que, a pesar de la distancia, me resultó burlona. Por más que intenté proseguir no pude. Avergonzado, me marché de allí, con una brusquedad incomprensible.

A partir de entonces le cobré gran antipatía a David. Para colmo, desde que pasó aquella noche con Kristos y conmigo, consideró salvada toda barrera e irrumpía en mi jardín, muchas veces cuando más relajado me hallaba, después de un día largo en la universidad, sentado en mi silla y contemplando el tronco del pino, que cada día me parece más vivo. No obstante, yo siempre le recibía cortésmente, con una sonrisa de bienvenida y tendiéndole la mano. Le ofrecía una silla y él me hablaba de California, de las bombas, de la perfección de sus remaches, de sus aventuras con una mujer divorciada cuyos muslos le recordaban la lisura de los fuselajes. En cierto modo acabé cogiéndole gusto a sus historias, aunque con este sentimiento convivía otro encontrado y creciente de hartazgo, usurpación e invasión. Por eso una vez hice una estupidez que aún hoy que me hace sonrojar. Ya antes lo había despedido de malos modos, pretextando que no estaba de humor, pero David no se rendía, ya fuera porque no detectaba mi molestia, ya porque la despreciara. En aquella ocasión se marchó, pero en otra me anticipé. Quise rehuir su compañía, su mera presencia, y no salí al jardín. Me encerré en casa y bajé las persianas. En un momento tocaron el timbre. Mi casa tiene una planta extraña. En el pasillo que viene de las habitaciones y desemboca en el salón se abre una cristalera grande que permite ver a quien llega sin que este, al menos mientras permanezca de frente a la puerta, vea a quien acude a recibirlo.

Así fue como descubrí que era David, pero ya sobrepasado el ventanal, de forma que no podía regresar a mi habitación sin que me viera. Aguardé unos minutos, pero él no se marchaba. Es más, apretaba el timbre con una insistencia provocadora. Entonces me agaché, me puse de rodillas y comencé a gatear. Mi propósito era pasar bajo el marco inferior de la ventana sin ser visto, pero incluso a cuatro patas soy grande y me dio miedo, así que me tumbé cuan largo soy y me fui arrastrando con los codos, sin prisa, hasta que desaparecí en el pasillo. Cuando me puse en pie experimenté la súbita necesidad de encender un cigarrillo, para tranquilizarme, pero no podía salir y tampoco podía fumar dentro. Decidí salir al jardín de atrás, una extensión agostada de césped, pequeña y triste, separada del callejón de la basura por un muro de hormigón que me llega a la altura de los ojos. Allí exhalé el humo del rencor, del ridículo, de la insólita sensación de desconocerme.

Puedo enorgullecerme de hablar un inglés muy fluido, si bien con un marcado acento español que no me impide hacerme entender. Incluso cuando estoy nervioso y mi voz tiembla, puedo expresar lo que quiero, si veo que mi interlocutor me sigue sin esfuerzo. Por eso, la noche que Kristos y yo salimos de fiesta, y decidimos pasarnos por la comisaría, aquel policía que me escuchaba recostado contra una mesa pegada a la pared, en el interior de un moderno edificio que albergaba también los juzgados y las oficinas del fiscal de la ciudad, me comprendía bastante bien. Su enorme barriga estaba ceñida con un cinturón grueso, abarrotado de artilugios creados para apresar y reducir, en cuyo uso lo supuse plenamente entrenado. No llevaba, sin embargo, arma de fuego. Nuestra apariencia, cuando nos habló a través del interfono y vino a abrirnos la pesada puerta de cristal, no era ni mucho menos amenazante. Cuando lo vi acercarse, pensé: «Este hombre tan gordo nunca podría correr tras un asesino». Nos atendió con paciencia profesional. Siguió, después lo comprendí, un procedimiento nada arbitrario de comunicación. Cuando hubo escuchado toda nuestra historia empezó él a hablar, y las veces que Kristos trató de interrumpirlo él lo acallaba con frases como: «Déjeme terminar», que acompañaba de un gesto de su palma hacia abajo, como si lo frenara, quizá porque ya le habíamos proporcionado toda la información y estaba convencido de que el resto no eran sino vueltas y más vueltas. A pesar de ello, cuando me hice con la palabra, tuvo que oírme repetir parte de la historia que Kristos ya le había referido con todo el aplomo de su voz enlentecida por el alcohol. Por eso hice hincapié en el afán de la visita. Yo sabía que no había nada que pudiera denunciar, nada imputable. Lo sabía de antemano, antes de decidirme a presentarme ante la policía con la historia de un vecino enojoso, a veces turbador. Por eso había esperado a que algo más ocurriera.

Soy, puedo decirlo sin jactancia, un hombre muy sociable, alegre y comunicativo. Tengo una innata capacidad de convocatoria y una noche había reunido en mi casa a un grupo de amigos. Entre ellos se hallaba el novio de una de mis compañeras, un turco con el que muy pronto me congracié. Ya era tarde, cerca de la medianoche, cuando la reunión languidecía y la gente empezaba a marcharse. El turco se había rezagado, enredado en una discusión con su novia, de cuya gravedad nos llegaban gritos. En la calle oscura, apartado unos metros, lo esperaba un coche con el motor en marcha, la puerta abierta y la luz interior encendida. El turco apareció con una mueca de acritud en el rostro, me dio la mano apresuradamente y se encaminó al coche, pero en mitad de su recorrido David lo interceptó. Salió de no sé dónde. Le agarró del hombro y se le arrimó mucho. Se veía que le hablaba, le preguntaba; el turco medio de costado, detenido, mirándolo con extrañeza y un cierto temor. Los labios del turco articularon unas breves palabras, hasta que después de lo que pudieron haber sido un par de minutos se desasió y se dirigió hacia el coche. Yo, para aquel momento, me había quedado solo, sentado en mi silla, bajo el foco de una lámpara que atraía y asaba entre humo y chisporroteos algunos insectos nocturnos. Cuando el coche arrancó y se perdió en la oscuridad solo estábamos David y yo, mirándonos en silencio. Aunque mi impulso era otro, me di tiempo para consumir el cigarro que fumaba.

—¿Y volvió usted a entrar en su casa? —preguntó el policía.

—Sí —respondí.

—¿Actuó su vecino con violencia? ¿Demostró una conducta inapropiada con su amigo? ¿Algún tocamiento?

—No —volví a responder—. Creo que no —vacilé.

—¿Trató de retener a su amigo en la calle, para que no entrara en el auto?

—No —tuve que admitir.

En ese caso, la situación estaba clara. Todo el mundo tenía un vecino inquietante, pero eso no significaba que fuera peligroso. Además, no había forma de tomar medidas en su contra si las pruebas se reducían a lo que le habíamos relatado. Ante mi insistencia, el policía detalló un procedimiento. Si yo no quería que me molestase debía hacerle expreso mi rechazo, la prohibición de penetrar en mi propiedad. Si él hacía caso omiso de mi advertencia podría llamar a la policía. Ellos lo sacarían de allí, y no lo arrestarían siempre que no opusiera resistencia. Le darían entonces un primer aviso. Si volvía a intentarlo, se lo llevarían. Eso era todo, me dijo, ya centrada en mí toda su atención y apercibido de mi creciente nerviosismo. Un poco disgustado, insistí en la posibilidad que más me rondaba la cabeza y que creía más eficaz. ¿No podría él, solo por si acaso, consultar los antecedentes de ese hombre?

—No —contestó terminante, sin una sola fisura en su respuesta, por donde yo pudiera introducir un fino argumento.

—¡Solo por si acaso! —insistí, casi implorante—. ¡Quién sabe si este hombre un día haga algo real, algo terrible! Ustedes ya sabrán que yo estuve aquí, que les advertí.

El policía, ya visiblemente harto, se me aproximó con la firmeza del convencimiento, su pulgar derecho engarfiado dentro del cinturón, y sentenció:

—Mira. Yo podría matarte mañana y hoy no podrías hacer nada para evitarlo.

Habiendo dejado todo claro, el policía nos acompañó a la puerta y nos agradeció la cívica voluntad demostrada.

Anduvimos hasta la calle principal de la ciudad, que una noche de sábado como aquella se hallaba alegre y transitada. Logré divertirme, borrar de mi mente a David, al policía. Trabamos conversación con un grupo de chicas. Me agaché para tomarme unas fotos, pegando mi mejilla áspera a las suyas, finas y tibias. Ellas rieron, participativas. Después vimos juntos las fotos en la pequeña pantalla de mi cámara y todos celebramos el resultado. Fue una noche magnífica. Bebimos cerveza profusamente. Gasté dinero invitándolas y no me importó. Nos despedimos con gran satisfacción, pero sin consecuencias. Cuando Kristos me dejó a la puerta de mi casa la calle se veía tranquila, acogedora. Tras el bullicio de los bares, la oscuridad verdosa que se adensaba en torno a las casas, alejándose entre los árboles cuajados de hojas, me resultó muy grata. Aquella noche dormí apaciblemente.

Pasaron un par de semanas sin que nada aconteciera. David, como por milagro, dejó de presentarse en mi casa. Es más, apenas lo veía ya; muy raramente durante el día. Sí se oían, en cambio, ruidos que procedían de su patio trasero: herramientas que caían, el aullido de una sierra. Yo fui recobrando el sosiego. Un día se oyó abrir una puerta y lo vi surgir por un lateral de la casa. Llevaba consigo un cartel metálico grande, donde había logrado labrar el número de su casa y sus iniciales. Pensé que aquello declaraba un sólido propósito de permanencia. Lo colgó con mimo de un árbol joven que crecía junto a la entrada de autos, sin dañarlo, por medio de unas abrazaderas que apretó solo lo justo para que se mantuviera quieto. Se retiró y lo contempló complacido. Antes de regresar me dirigió un saludo con la llave inglesa en su mano alzada. Yo le respondí desde mi silla y di por cerrado el asunto.

Mi vida social continuó como antes. Mi círculo de amigos se ampliaba, se diversificaba. Conseguía reunir en mi casa decenas de personas, que siempre acudían a mi llamada, traían comida, bebidas, se encerraban en las habitaciones. Eva me visitaba con asiduidad. Aparecía cuando menos la esperaba, sin avisar, y me sorprendía muchas veces ensimismado, desaliñado, torpe en mi soledad. A las fiestas llegaba cuando las fuentes de comida tenían ya un aspecto desolado, y yo me había resignado a su ausencia. Por eso su figura en la puerta abierta me colmaba de gozo inopinado, aunque me resistía a ir a recibirla, y me mantenía donde hubiera estado hasta ese momento, en conversaciones donde redoblaba mi participación, incrementando el volumen de mi voz. Entonces percibía por el rabillo del ojo cómo se iba acercando, en un recorrido obstaculizado por los saludos y los reencuentros, hasta que me agarraba del brazo, en una zona y de una forma que me parecía que podía delatar una intimidad encubierta. Y es que por aquel entonces Eva y yo habíamos vuelto a acostarnos, felices en nuestra clandestinidad. Yo la encontraba más deseable, más bella. Ignoro qué pasaría por su mente, porque nuestra comunicación, acaso por culpa del recuerdo de nuestras amargas discusiones, se hizo menos verbal, más instintiva, gracias en parte a lo bien que nos conocíamos, y podíamos atravesar unas horas de placer intercambiando unas pocas palabras. Fue quizá por esta razón por lo que aquella noche no le dije nada; seguí acometiéndola con ritmo regular, sin apartar mi mano de su espalda humillada. Habíamos dejado las láminas de las persianas ligeramente separadas, convencidos de que la irradiación trémula de la vela no era suficiente para que nos vieran desde el exterior. Sin embargo, erguido como estaba, aún un poco ebrio y sofocado por el placer, pude entrever, más allá del pino, en una zona indecisa sobre la calzada en sombra, una figura que miraba hacia nosotros. Todo, aquella madrugada, conspiraba para que fuera tan solo una visión mía. También el tiempo: no fueron sino unos instantes desde que yo lo advirtiera, cuando una luz incandescente brilló a la altura de su rostro y después cayó hacia abajo, aérea, lentamente, hasta que se extinguió antes de llegar al suelo.

A pesar de lo que he contado, sigo profesando afecto por este barrio. Siento, no sé por qué, una ternura especial por el pliegue estudiado que hace el asfalto cuando se corta con la avenida más grande, allí donde las convexidades de una y otra calle reconducen las riadas y evitan los embalsamientos cuando llueve violentamente y parece que el viento arrancará nuestras casitas precarias. He cobrado cariño a los cipreses octogenarios que apuntan al cielo inmaculado, en el límite consabido entre mi casa y la de David. Cuando llega la noche, aún me gusta abrir las puertas y ventanas y dejar que el aire corra y me traiga los crujidos de las hojas de las palmeras, allá en lo alto, y los insectos entren, particularmente unos que tienen un cuerpo ahusado verde y delicadas alas de cristal. No obstante, cuando me voy a la cama, me cercioro de que todas ventanas están bien cerradas y aseguro las puertas doblemente: echo el pestillo y hago girar los cerrojos con la llave. Las persianas quedan igualmente bajas y cerradas. Solo por si acaso. Entonces me voy a la cama y me dejo resbalar en el sueño sin caer en el temor de que pueda despertar en la madrugada.

Atasco

Era un ruido que se extendía por el interior de los muros y subía y bajaba como si el edificio fuera roca viva. El hotel estaba completo, así que no hubo forma de cambiarse de habitación. Aquélla en la que estaban, por otra parte, daba a la piscina, y desde su balcón, donde colgaban las toallas húmedas a la vuelta de la playa, se entreveía el mar más allá de la última línea de edificios. Pero el ruido molestaba por la noche. Lo despertaba, y en su cólera removía las sábanas y la despertaba a ella. Entonces Carlos enfurecía y llamaba a recepción, pero nada conseguía. Al principio, los técnicos deambularon por la planta. Se los veía agachados en los pasillos, reunidos frente a compuertas abiertas, en misterioso conventículo. Cuando Carlos escuchaba sus cuchicheos y la forma reservada de congregarse por los rincones, intuía que el problema era mayor u otro distinto. Lo cierto es que tanto Karina como él tenían la impresión de que solo ellos dos lo oían. Los clientes con los que se cruzaban en el pasillo o con los que compartían el ascensor parecían frescos y relajados por las mañanas. Nadie les hizo nunca comentario alguno, fuera de los recepcionistas, así que dieron por pensar que el atranque, o lo que fuera, se concentraba en su habitación, y los ruidos no se expandían más allá.

La culpa de que Carlos despertara en mitad de la noche no debía atribuirse solo a los ruidos del edificio. Padecía un insomnio intermitente e irregular. Se despertaba a horas distintas cada noche. Unas veces, apenas tras un par de horas de sueño, pasaba un rato mirando las sombras y volvía a dormirse, súbita e inesperadamente. Se prohibía mirar el reloj más que una ocasión, así que ignoraba el tiempo que podía permanecer despierto. Otras veces, dormía hondamente, inmóvil e invulnerable, pero despertaba temprano, y sentía acabada la noche. Veía la claridad del amanecer deslizándose por debajo de las cortinas y renunciaba al sueño. Se levantaba con tiento y salía furtivo a la terraza. Se sentaba en una silla de plástico blanco, se admiraba de la claridad del levante y se felicitaba de hallarse lejos, junto a Karina, olvidados y respetados. Entonces volvía a escuchar el ruido allá dentro, como una vibración sorda, y le acometía el deseo de recuperar el sueño, dormir unas horas más y cobrar fuerzas. Porque deseaba nadar en el mar, comer con voracidad y follar vigorosamente. Regresaba al interior y se tendía en la cama enfriada y pálida y cerraba los ojos muy decidido. Y una vez más, tras unos segundos apagada, oía la vibración ascender, crecer y propagarse. Venía de más allá, de lejos, del fondo, de antes incluso, pero siempre acababa llegando. Para ese momento Karina también despertaba y maldecía confusamente contra la almohada y Carlos se prometía volver a protestar, amenazar con abandonar el hotel y presentar una reclamación formal.

No obstante, pese a la incomodidad del ruido, estaban a gusto, y tranquilos, y el descanso surtía poco a poco su efecto. En el final del verano, aquella población de turismo masivo se vaciaba y adquiría un aspecto equívoco, una languidez previa a la decadencia. El tiempo, a la vez, era magnífico. El mar estaba templado y dócil. Carlos y Karina nadaban juntos contra el horizonte y miraban la playa desde el agua: un arco de arena limpia, más virgen porque había que llegar a pie tras descender una larga hilera de escalones entre los pinos. Un día, Carlos se adentró solo en el agua. Nadó de frente, alejándose de la playa. El mar se hallaba particularmente calmo y transparente. Podía ver su sombra trémula sobre el fondo de arena. Mientras avanzaba creyó oír algo. Dejó de bracear y mantuvo a flote la cabeza. Escuchó. También era un día de silencio, así que reanudó el braceo. Pronto, sin embargo, volvió a oírlo. Era un rumor de fondo, amortiguado por la masa de agua quieta y brillante. Se dejó flotar boca abajo, los brazos en aspas, los ojos abiertos a la sal. Entonces creyó intuir una remoción en el fondo, un polvillo de arena que desdibujaba las ondas de la marea. Calculó la profundidad y tomó aire. Se dejó hundir, pero el empuje del agua era más fuerte. Se ayudó con los brazos, pero el fondo estaba más lejos de lo que había creído. Aun así, bajo el agua, lo oyó más claramente. Era una vibración sólida, ubicua y creciente. Desde la media profundidad adonde logró llegar, percibió que el suelo arenoso se suavizaba y uniformaba. Tuvo miedo y ascendió anhelosamente. A flote, le pareció haber nadado muy lejos y comenzó a bracear de regreso. Cada poco tiempo, por seguridad, se detenía y corregía el rumbo. Cuando expulsaba el aire bajo el agua, sentía el ruido crecer y confundirse con el ritmo del oleaje, pero la superficie del mar persistía tersa, como si la hubieran confinado en un estanque inmenso. Aceleró el ritmo. Sentía el pecho caliente y tensión en los hombros. Intentó calmarse para nadar más regular y veloz. La profundidad decreció y le llegaron distintas las voces de la playa. El ruido, cerca de la orilla, se apagó. Hizo pie y se dejó flotar un poco. Tosió y, próximo a él, vio a un hombre que se mecía estático sobre el agua, su cabeza calva como una boya. Lo observó un instante y salió del agua.

Una noche, Carlos y Karina salieron. En el bar del hotel bebieron unas cervezas y vieron el espectáculo. Unos loros tristes trepaban por escaleras, montaban triciclos o aguardaban en sus perchas haciendo movimientos convulsos. Carlos se inclinaba sobre Karina y la besaba en la boca, hundiéndole la lengua con alcohol. Se sentía mareado y lascivo. Karina reía azorada. Pronto el espectáculo se les hizo intolerable y se marcharon abrazados. No querían regresar aún, así que se encaminaron a la playa. Hacía una noche suave, pero soplaba la brisa. Por el cielo se deslían algunos cirros. Siguieron el camino conocido. La sombra de los pinos los guiaba en el descenso hasta la arena. A veces se detenían y se besaban contra el pretil de la escalinata. Estaban muy excitados y mareados. Karina le palpaba la erección y lo contenía: «En la playa, en la playa». Cuando llegaron al final los sobrecogió la calidad química del agua bajo la luna, la fosforescencia de la espuma en la misma orilla. El mar seguía en calma, tan quieto que parecía una imagen. Vieron un bulto oscuro más allá, sobre la arena, al pie de las lanchas de piedra porosa. Una figura que se movía con un ritmo ascendente, se inflaba y deformaba como una enorme burbuja, hasta que se escindió en dos: tumbado en la arena quedó un chico, mientras una chica botaba sobre él, arqueada y tensa. Karina hizo el impulso de marcharse, pero Carlos la retuvo. Ambos guardaron silencio. Solo se oía el rumor de los pinos en la ladera. Se sentaron en el suelo. Ahora también oían el jadeo suave y rítmico de la pareja. Carlos besó a Karina. Le sacó un pecho y se llevó el pezón a la boca. Mientras lo chupaba, la incitaba: «Míralos, míralos». El rumor en los pinos se incrementó, pero apenas lo oían, y la superficie del mar se rizó a sus espaldas. Solo miraban a la pareja, mientras se desnudaban. Carlos la penetró sin problemas, suave y directamente. Cuando Karina gimió, la sombra de la pareja se detuvo y mudó de forma, pero no se movió ni cambió de posición. Carlos continuó, ahora seguro de que los habían descubierto, porque la chica montaba al chico en un ángulo distinto, observándolos. Karina tenía los ojos cerrados, pero asintió cuando Carlos le susurró: «Nos miran». Cuando terminaron, Karina se vistió y se acurrucó en su hombro. Solo miraban el mar. Estaban agotados, felices, nada los preocupaba, y se durmieron pronto sobre la arena.

Entonces Carlos soñó que yacía de nuevo en la cama del hotel. La brisa fresca del mar penetraba por el balcón enteramente abierto. Era noche avanzada y Karina dormía a su lado, pero Carlos soñaba que él se hallaba desvelado. La inmovilidad de Karina era tal, que Carlos la sentía distante y fría, ajena. Le asaltó una angustia de hallarse definitivamente solo y perdido en su insomnio. De pronto, se oyó el ruido. Creció como siempre, como una burbuja que naciera lejos y cuya hinchazón acabara por alcanzar la habitación. Esta vez le resultó horrísono. Era muy fuerte y seco, crujiente. Una amenaza. Trató de moverse, pero se sentía pesado, como si hubiera despertado antes que su propio cuerpo y tuviera que acarrearlo como un fardo. Como pudo se acercó a la pared frontera. Le pareció, por vez primera, que el ruido procedía del otro lado, donde hubiera alguien responsable. Golpeó fuerte la pared con el puño. Golpeó a dos manos, al tiempo que gritaba: «¡Silencio! ¡Silencio!» Se magulló los nudillos de la mano derecha, pero el ruido continuaba, persistente e instalado. Carlos se volvió a Karina, pero seguía dormida boca abajo. A punto de desesperar, escuchó una voz distinta, pese al ruido que no cesaba, proveniente de la habitación contigua: «¡La cisterna! ¡Mire en la cisterna! ¡No podremos soportarlo mucho más tiempo!» No había temor en aquella voz, pero sí algo definitivo de última oportunidad. Así que obedeció y se arrastró entonces hasta el baño, encendió la luz y se acercó a la taza. El ruido, allí dentro, resultaba urgente. Levantó la tapa de la cisterna y la tiró al suelo, pero no se partió. El hueco estaba parcialmente lleno. El agua tenía la misma tonalidad brillante del mar. Unos peces de colores nadaban en ella. Eran brillantes, de color naranja, verde y rojo, pero el ruido arreciaba y

Carlos hundió el brazo en el agua. Los peces huyeron deslizándose por las paredes, atrapados y enloquecidos. Hurgó entre los mecanismos y sintió algo, un tacto áspero y delezable, pero inerte. Tiró de ello: era un pez muerto, de color azul. El cuerpo estaba prácticamente seccionado y secretaba una insólita sangre azul, de textura metálica, que se fue desenvolviendo como una cinta por el hueco. Carlos levantó el tubo y el agua corrió llevándose la sangre del pez y al resto de peces aún vivos. Mientras se llenaba de nuevo, Carlos comprobó que el ruido se había extinguido. Tiró los restos del pez muerto en la taza e hizo correr el agua otra vez. Cubrió la cisterna con la tapa y, con una grata sensación de clausura, despertó en la playa.

Aún era de noche, pero en el horizonte del mar el cielo albeaba. Karina dormía ovillada de espaldas. Hacía frío. Carlos tiritaba, así que se puso la camisa, que estaba arrugada y cubierta de arena. Miró al lugar junto a las rocas. Estaba vacío, pero quedaban unas sandalias abandonadas y una blusa blanca tendida en la roca. Carlos se puso en pie y miró el mar. Durante la noche se había agitado. Aun así, se venía a la orilla con un ritmo incitante. Pensó que le vendría bien un baño y volvió a quitarse la camisa. Se quitó también el pantalón y los calzoncillos y desnudo se acercó a la orilla. El agua estaba tibia y suave. Metió los pies y se giró. Su sombra sobre la arena se alargaba hasta donde había dormido junto a Karina. Entró en el agua y comenzó a nadar. Sentía las corrientes en los genitales, abría la boca para sentir la sal. Braceó desordenadamente. No quería avanzar, solo flotar y sumergirse de vez en cuando. Se detuvo poco más allá del rompiente de las olas. Desde allí aún divisaba el cuerpo dormido de Karina. La vio rodar hacia una postura simétrica. También veía la blusa abandonada sobre la roca porosa. Hubo más luz. Sobre la colina de pinos se iluminaron las copas más altas. Con el despuntar del sol, las sombras entre las olas se aclararon.

De pronto, vio una cabeza a una distancia próxima. Al principio le pareció el mismo cráneo impávido que había visto aquel día, flotando quieto y desvinculado de su cuerpo sumergido. Pero la cabeza se inclinó abandonada cuando una ola la sobrepasó, se hundió hacia adelante y tras la nuca emergió un cuerpo entero. Carlos vio la espalda suave de una mujer, unos brazos delgados abiertos a los costados, y ya no tuvo duda. Nadó hacia ella y la volteó. Estaba muerta. Tenía el cabello rubio y muy claro. Los ojos abiertos y azules. «¡Karina!», gritó. Apenas alcanzaba el suelo, pero se estiró y braceó y pataleó hasta que llegó a una zona menos honda y pudo arrastrar el cuerpo haciendo fuerza con sus pies. La suavidad de la piel mojada de la chica hacía que se le resbalara entre las manos y volviera a caérsele y se hundiera de vez en cuando. Cuando por fin logró llegar a la orilla, Karina se había acercado corriendo. Tumbó el cuerpo sobre la arena. Solo llevaba una braga, y su aspecto era eslavo. Tenía los pechos pequeños y confundidos con el torso empalidecido. «¡Corre al hotel! ¡Que llamen a la policía!», le dijo Carlos casi sin aliento. «Muerta sin remisión», pensó, así que no hizo siquiera un amago de reanimarla, ni habría sabido cómo. Y además tuvo miedo y una repugnancia táctil de haber tirado de ella tan fría y resbaladiza.

Mientras Karina trepaba entre los pinos, Carlos se giró hacia el mar y observó. Creyó advertir algo en el extremo de la playa, flotando contra la pared de rocas. Tenía frío y seguía desnudo y tampoco imaginaba que el chico siguiera vivo, pero aun así se metió al agua y nadó. También estaba cansado y le costó aproximarse. El oleaje era allí más fuerte y la roca parecía avanzar y ondear más que el mismo mar. Estaba mareado y ahora no veía nada en la superficie. Se sumergió y abrió los ojos, pero la sombra de la pared oscurecía el fondo y el sabor de la sal aumentó sus náuseas. Además, el ruido, otra vez, estaba ahí. Vibraba con la pared. El ruido y la roca resonaban juntos al ritmo de las olas. Carlos no pudo más y emergió, pero aún sin oírlo fuera siguió sintiéndolo como una vibración que se le deslizaba entre las piernas. Se hallaba desnudo y se sentía vulnerable. Se alejó lo más rápido que pudo, pero se ahogaba, le faltaba el resuello, y debía parar, flotar, tomar aire. La playa se le antojaba remota y se le estrangulaba el aliento. Pensó que podría morir. Trató de calmarse y recuperar el ritmo. La playa fue ascendiendo a sus ojos. Cuando la alcanzó estaba extenuado y se tumbó en la arena junto al cadáver de la chica, ella boca arriba, mirando el cielo que se tornaba azul, él boca abajo. Solo al cabo de unos minutos logró reunir fuerzas e incorporarse. Un grupo de personas descendían rápido las escaleras entre los pinos. Karina los guiaba. Pensó que debía apartarse de la chica muerta y vestirse.

Los últimos días no ocurrió nada. El ruido en el hotel arreciaba o amainaba caprichosamente, pero dormían a pesar de él y a pesar del recuerdo de la chica muerta y de las ocasionales llamadas de la policía y los juzgados. Comían y hacían el amor como habían previsto y miraban el mar desde la arena, después de nadar. No tenían pena por ella, menos aún por él, cuyo cuerpo fue hallado flotando entre unos salientes de roca en una cala próxima. Él no fue nunca más que una sombra horizontal yacente. Ella muy poco más, porque los miró y continuó haciéndole el amor al chico a pesar de la presencia de ellos o acaso por eso mismo incitada. Ella llegó a ser un poco más que él, también, porque la vieron muerta y vacía. El azul de sus ojos, y esa piel. A veces, Karina se estremecía, y Carlos recordaba: «Si la hubieras tocado». Entonces se abrazaban y besaban, si estaban en la playa, o prendían el televisor si estaban en la habitación, y reían, o simplemente se levantaban a servirse otro plato, si a la sazón se hallaban en el comedor. Pero en general no ocurrió nada y el tiempo fue pasando y los días se sucedieron tan claros y despejados como al principio.

Y un día, la víspera de su marcha, abandonaron el hotel y regresaron a la playa. Habían salido tarde, y cuando descendían a la playa el sol descendía también, y la arena y los taludes que se levantaban hasta los pinos se fueron iluminando en un crepúsculo intenso. El mar, por primera vez, estaba revuelto, el agua turbia y el fondo oculto. Carlos se metió solo en el agua y Karina permaneció en la playa, observándolo preocupada, pero él salió pronto porque sentía la urgencia del tiempo que se les iba y la luz que se apagaba. Corrió junto a Karina y se secó con la toalla. «¿Una foto?», le propuso. No sabían cómo tomársela, así que le pidieron el favor a una chica que andaba descalza por la arena. Comía un melocotón rojo y jugoso, que arrojó al agua. Se pararon frente al sol, la chica en contraluz, y se dejaron fotografiar. Tras ellos, el fondo de las lanchas de piedra porosa descendía hacia la marea que subía. Le dieron las gracias y la chica se alejó lánguida y despreocupada. Recogieron las cosas y treparon por las rocas. El agua rozaba casi el lugar donde habían posado para la foto. Desde arriba, Carlos volvió la vista por última vez y vio un objeto entre las rocas, atascado. Enseguida una ola avanzó, invadiendo la arena, y lo hizo flotar. Era una sandalia volteada, que ahora rozaba el perímetro de las rocas. Prefirió callar y siguió a Karina, que ya alcanzaba el camino de acceso que los devolvería al hotel.

Beethoven, *opus* 73

Á ngeles dormía, pero despertó a causa del calor. Retiró la colcha que la cubría y escuchó la música que comenzaba a sonar. Desde su duermevela no dudó al reconocer la pieza que Pepe ponía en el tocadiscos una y otra vez, incansablemente. Un verano más el sol penetraba entre las cortinas gruesas que separaban su dormitorio de la sala. En mayo había sobrevenido una ola de calor, pero a comienzos de junio, cuando se aprestaban para el verano, volvió el frío. Entonces todos temieron que la temporada se hubiera malogrado. Porque en la radio hablaban de riadas en el norte, y muertos. Ángeles había tenido que sacar la ropa apilada entre las bolas de naftalina, ante los ojos verdes de Sara y la expresión hosca de Juan.

—¿No nos bañaremos este año, verdad mamá? —decía Sara.

—Sí, hija, volverá el calor y tu padre nos llevará a nadar —le respondía, aunque al hacerlo no la miraba a ella, sino a Juan, que se había vuelto de costado y miraba hacia la calle en silencio.

Ángeles había seleccionado unos jerséis, unos calcetines y los había puesto sobre la cama. El resto lo volvió a guardar y cerró el armario con energía y un ademán teatral con que quería darles a entender que aquello era todo. Porque el calor retornaría y no habría que cancelar los proyectos. Sara sonrió, dándose por enterada, pero Juan permanecía vuelto de espaldas. El cabello recién cortado en su nuca le inspiró ternura a Ángeles. Se le acercó y le acarició el cuello cálido: «No te preocupes, hijo. Verás cómo podrás nadar». Sara también se acercó y se colgó del hombro de su hermano. Juntos se acercaron al balcón y miraron muy serios la sombra que crecía en el exterior, sobre el solar de la casa de enfrente. En el cristal se trazaron veloces y finísimos surcos de agua. Empezaba a llover. Pero ahora, Ángeles, desde la cama, estaba segura de que el sol lucía con fuerza y el calor apretaba fuera. Quería levantarse, pero no halló fuerzas, y por alguna razón estuvo segura de haberlas agotado durante aquellos días de baño con Pepe y los niños.

Fue en primavera cuando Pepe compró el disco. Entró en casa muy feliz, con un paquete envuelto bajo el brazo, y lo agitó ante el rostro de Ángeles. «Lo tengo», le dijo. Penetró en el salón, desgarró el papel y contempló extasiado la carátula. Estaba muy guapo cuando sonreía y todos los músculos de su mandíbula ancha obedecían la dirección marcada por el fino bigote. Ángeles lo miró cuando se aproximó al tocadiscos, extrajo el disco del cartón y retiró la gasa delicada que lo protegía. Con sus manos blancas levantó la tapa y encajó el disco en el plato. Llevó la aguja hasta el extremo y con sumo cuidado la posó sobre el perímetro del círculo negro, que ya giraba suavemente. Entonces, Ángeles, que hasta el momento solo lo había mirado a él, se sobresaltó. En toda la habitación sonaron las primeras notas fuertes de la orquesta, seguida de la respuesta del piano. Los dos quedaron mudos. El sonido invadió la sala hasta los techos altos. Ángeles sonrió: «¡Qué bonito!», le dijo. «Sí, ¿verdad? Es el concierto *Emperador*, de Beethoven». Ángeles asintió y miró a Pepe una vez más. Habían pasado los años y ella se veía gorda, pero a Pepe no le descubría sino una maduración viril. Cuando descendían juntos hacia la glorieta de Atocha, él, muy caballero, se situaba siempre del lado de la calzada, dándole el brazo a ella. Bajo el sombrero, se veía apuesto, y Ángeles se envanecía cuando descubría que otras mujeres lo miraban. Juan había heredado su forma elegante de ensimismarse, y en Sara hallaba las líneas armoniosas de su frente. Cuando así pensaba, Ángeles no podía dejar de admitir que era aún una mujer enamorada. Por eso, la música que ahora le llegaba hasta la cama donde yacía le producía la alegría de un bien muy preciado y le hacía recordar la mañana aquella en que Pepe, exultante, había entrado con el concierto *Emperador* bajo el brazo.

Ángeles no sabía nadar. Había crecido en la calle del centro, muy cerca de Atocha, en la misma casa en donde nacieron también su madre y su abuela. Aunque se preciaba de su abolengo urbano, envidiaba a veces a aquéllos cuyas familias habían afluido a Madrid desde los pueblos y gozaban de un lugar al que escaparse en verano, cuando el calor se hacía sofocante. Por eso, aquel año se llevó una enorme alegría cuando Pepe les anunció que había reservado una pensión en un pueblo del sur, cerca del cual había una poza honda y azul. Sara comenzó a saltar en torno a su padre y Juan esbozó una sonrisa tímida, se acercó a Pepe, y le dijo: «Pero papá, yo no sé nadar. Y Sara tampoco». «Tranquilo, yo os enseñaré. Aprendí en Francia», les dijo, y a Juan se le franqueó la sonrisa, miró a su madre y fue a asomarse al balcón, entre los geranios bañados por el sol de la primavera. Pero después llegaron las lluvias, inesperadas, y todo se enfrió, y los niños cayeron presa de la melancolía. Miraban por la ventana y solo eran capaces de ver un presente lluvioso y eterno. A veces, Ángeles se condolía y trataba de animarlos, pero supo dejar que el tiempo pasara delante de ellos, y el calor, como habían ansiado, regresó al fin. Y lo hizo con la misma fuerza que Ángeles, ahora, suponía que se aplomaba sobre las calles. El fin de semana previo al viaje todo fueron preparativos y nervios. Pepe se aplicó en dejar listas sus cámaras, mientras el concierto *Emperador* sonaba en el tocadiscos. Ángeles doblaba la ropa y la iba encajando cuidadosamente en dos maletas abiertas sobre la cama. Sara la acompañaba y seguía de un lado a otro, inquieta y parlanchina. De pronto echaron de menos la presencia de Juan y fueron a buscarlo. Lo hallaron en el recibidor, sentado en un sillón donde se hundía y del que le colgaban las piernas. Llevaba puesto el bañador y en la mano sostenía una toalla que había hurtado del lavabo. Sara se rio: «¡Tonto, si nos vamos mañana!» Y aunque Juan también sonrió, quedó medio metido hacia adentro, como si hubiera engullido a duras penas parte de una primera decepción.

El día llegó, pero lo hizo de noche, porque fue la primera madrugada en que los niños anduvieron excitados, entre murmullos, por la casa en sombras, mientras Ángeles, acostada junto a Pepe, que sí dormía, pensaba que ella tampoco sabía nadar. Acabó amaneciendo y todos salieron de la casa. Bajaron las pesadas maletas hasta la calle y tomaron un taxi que los llevó a la estación. Desde allí, viajaron durante horas hacia el sur. El día, a medida que avanzaba la mañana, iba calentando el interior del autobús. Ángeles, sentada junto a la ventanilla, se abanicaba con energía y veía pasar las líneas de árboles junto a la carretera. Detrás de ellas, los campos se extendían a veces secos, a veces cultivados y poblados por campesinos que los trabajaban encorvados. De vez en cuando, se volvía hacia el asiento de atrás, que compartían los dos hermanos, le daba un beso a Sara, que se le acercaba, y le dirigía una mirada tierna a Juan, que atisbaba serio la carretera a través del parabrisas del conductor. Lo habían obligado a llevar un pantalón corto, aunque él se había resistido, y ahora se removía en el asiento sofocado e incómodo. «Ya llegamos», le decía Ángeles. Y Pepe le pellizcaba la rodilla desde delante, sin volverse, hasta hacerle primero reír y después protestar.

Y, sí, por fin llegaron. El aire corría seco y ardiente por las calles del pueblo. Las habitaciones de la pensión daban a la plaza Mayor y estaban recalentadas. Habían desplegado dos camas supletorias para los niños a lo largo de una pared, y el baño debían compartirlo con otros clientes, pero todos estaban felices. Comieron en un mesón bajo los soportales, y aquella misma tarde, tras un descanso forzado, se encaminaron a la poza azul. Con las indicaciones que habían recabado en la pensión, debieron seguir primero un camino de tierra ancho. Juan iba en cabeza, y Sara lo seguía, a saltos y carrerillas. Ángeles se quejaba de la caminata y Pepe suspiraba por el peso de la cámara. Entre todos levantaban el polvo del camino, que formaba una pequeña nube de color amarillo. El calor era intenso y muy seco, pero pronto tomaron un desvío indicado, un camino de herradura que se internaba primero entre unos robles, y después llegaba a una zona de fresnos, tras la cual hallaron la poza.

Se abría al pie de una pared de roca cóncava y rosada. Juan se había detenido al borde. Sara llegó a su lado y le agarró de la mano. El agua era de un azul brillante. Parecía un cristal invertido, licuado; una forma de milagro entre la canícula. Los cuatro se asomaban ahora al repecho de la orilla. Juan, con Sara pegada a sus rodillas, parecía hipnotizado. Pepe se agachó entre los dos y les dijo: «Qué, ¿os atrevéis a meteros conmigo?» Sara asintió vagamente, pero Juan permaneció mudo, se desasió, y Ángeles, detrás de ellos, apenas reaccionó cuando vio cómo el niño, vestido como estaba, metió un pie en el agua, luego otro, y con la cadencia de un paso normal, se internó en la poza. Sara gritó: «¡Juan, pero qué haces! ¡Ponte el bañador!» Solo cuando el agua le llegaba al cuello, Pepe saltó tras él y lo agarró. Ángeles sintió que una presión le estrujaba el pecho, casi sin aire para gritar. Pepe sacó a Juan a la orilla, los dos chorreando. Juan parecía aturdido, y protestaba, molesto. Pepe lo sacudió un poco, pero Juan estaba aún hechizado, y miraba a su padre como si lo hubiera sobresaltado en mitad de un sueño mágico. Ángeles sintió como si se le despegaran las paredes de la tráquea, y en un arrebato se acercó a Juan y le dio un bofetón: «¡Estúpido! ¡Casi te ahogas!» Los cuatro quedaron mudos. Sara comenzó a gimotear, muy bajo, agarrada de la mano de su madre, que la mantenía en su costado.

«No debí hacerlo», se lamentaba Ángeles desde la cama. Pero cuando sucedió, no sintió culpa, sino estupor por el silencio que los rodeaba, y que a todos, al mismo tiempo, los cobijaba junto a la poza. Un refugio en cierto modo semejante al espacio que la música creó para ellos, cuando Pepe hizo sonar el disco. «Vamos, vamos, ya pasó», dijo Pepe. Se llevó a Juan hasta unos árboles y le quitó la ropa empapada. Mientras, Ángeles tendió una manta bajo un fresno, y sacó unas botellas. Le puso el bañador a Sara y todos juntos se acercaron de nuevo a la poza, ahora más serenos y también más respetuosos. Solo Ángeles permaneció vestida, pero se mantuvo junto a la orilla mientras Pepe se introducía en el agua, lentamente. «¡Qué fría!», exclamó. Llevaba los brazos en horizontal, paralelos al agua, pero al fin se sumergió, entero, bajo el agua azul. Ángeles sintió que Sara le apretaba la mano de la que la tenía cogida. Pero entonces Pepe emergió, sonriente, y les animó: «¡Vamos niños, venid conmigo!». Y Sara se soltó, tentó el agua con su pie descalzo, y comenzó a entrar cautelosamente. Su padre alargó el brazo y la acogió. Sara se le agarró al cuello, mientras exclamaba: «¡Qué fría! ¡Qué fría!». Juntos, Sara colgada sobre su padre, sus ojos verdes muy abiertos, nadaron hacia el centro, lentamente, y retornaron a la orilla, donde hacían pie. Ángeles miró a Juan, que permanecía mudo a su lado, expectante: «Vamos, Juan, ahora tú, ven conmigo», le dijo Pepe, y Ángeles sonrió a su hijo, como una expresión de permiso tácito. Y Juan se adentró en el agua con la misma decisión que la primera vez, aunque acaso un poco más consciente, y también un poco estremecido. Su padre lo agarró con el otro brazo. Ahora estaban los tres juntos, y desde el agua sonreían a Ángeles, que los contemplaba. Pepe se movía arriba y abajo, suavemente, y los niños, asidos a sus hombros, reían y se estremecían por el frío.

Entonces a Ángeles se le reveló una certeza súbita, una forma de terror que no había conocido hasta aquella tarde de calor junto al cristal azul de la poza. Porque supo que su vida había coronado una cima, a partir de la cual no la esperaría sino un descenso. Una cota máxima de felicidad, que se cifraba en el triángulo de Pepe y los niños, sostenidos sobre sus brazos protectores. Casi estuvo a punto de gritar, de ordenarles que salieran del agua, pero se contuvo, y sofocó la angustia de tamaña felicidad. Lo que hizo fue regresar al pie del fresno y agarrar torpemente la cámara de Pepe, regresar a la orilla y tomar una foto. Por eso, en la imagen que quedó, y que ahora veía desde la cama de la que no podía levantarse, Pepe le dirige una mirada de extrañeza; y Sara tiene la mirada verde y bondadosa de siempre; y Juan contempla el agua azul que lo rodea como si mirase dentro de sí y no comprendiera nada.

Un nuevo movimiento del concierto acababa de comenzar, lento y dulce, y las notas largas de los violines se deslizaban por los recovecos de la misma casa donde la madre de Ángeles, y la madre de su madre, habían nacido y, también, habían muerto. El piano tomó su turno con una suavidad pareja, pero en sus notas había, podía intuirlo ahora, una tensión menor, una emoción distinta de aquélla que le había inspirado muchos años atrás, cuando Pepe hizo correr la aguja sobre la superficie virgen del disco, pocas semanas antes de que fueran de vacaciones. Ángeles giró hasta quedar tendida sobre el costado, un poco más fresca, pero cada vez más sorprendida de su dificultad para moverse. Tenía, más que miedo, curiosidad, así que llamó: «¡Pepe!, ¡Pepe! No sé qué me pasa que me cuesta moverme». No obtuvo respuesta ni advirtió ruido alguno en la casa. El sol entraba como antes, tornando incandescentes los bordes de la cortina entreabierta. Volvió a llamar: «¡Pepe! ¡Pepe! ¡Ven, ayúdame!», un poco más alto que antes. La música descendió su volumen, justo cuando el piano comenzaba a dialogar con la orquesta. Una puerta se abrió en algún lugar, la cortina se estremeció como la superficie del agua, y la cabeza de un adolescente se asomó al dormitorio. Ángeles lo miró sorprendida, sin reconocerlo. Tenía la mandíbula de Pepe y los ojos garzos de Sara. Había, también, el fondo soñador de Juan en su mirada. «¿Necesitas algo, abuela? ¿Te molesta la música?», le dijo. «Pepe, quiero que venga Pepe», respondió ella. El adolescente no se movió, pero su rostro se ensombreció, entró en la habitación y se sentó sobre la cama abierta: «Tranquila, abuela, pronto vendrá el tío a verte, y te dará algo para dormir», le dijo. Después se levantó, salió de la habitación, y la cortina quedó ondeando. «No tengo sueño», se dijo Ángeles, justo cuando la orquesta comenzó a acelerar y el volumen del tocadiscos, otra vez, ascendió.

Odiar una montaña

"Me duele que algunas montañas
quizá puedan ser
tan hermosas como los hombres."
JORGE GUILLÉN

La detestaba. Ya se recortara contra el cielo límpido los días de viento norte, ya se hundiera bajo las nubes que se agolpaban contra su ladera los días grises. Incluso cuando el crepúsculo despejado de los veranos la tornaba primero amarilla, después morada. La detestaba. Más valía dejar caer estrepitosamente la persiana, meterse en la cama y encender la radio, o masturbarse. Cualquier cosa que le hiciera olvidarla y creer que no estaba. Agarrar el teléfono y pedir un taxi que acudiera a recogerlo a la costa, a más de quinientos kilómetros de distancia, donde se había hallado una mañana del verano remoto y ya no estaba. Y aun así esperar. O levantarse y accionar el interruptor, arriba y abajo, hasta que la bombilla se fundía. Cualquier cosa que acallase su presencia inamovible y sorda allá fuera, tan indiferente, y por todos admirada, sin embargo. Todos aquellos a quienes también odiaba, a causa de su impasibilidad. Una montaña que a todos tenía que irritar, porque no había otra manera humana de resistir su inapelable presencia inmóvil. Y respirar hondo, anhelosamente, hasta recobrarse.

Cuando caminaba por la calle comercial, podía sentir los cimientos de la ciudad bajo sus pies. Toda ella sobre una colina oblonga cuya proa miraba al poniente. Granito y dos decenas de siglos bajo la égida de una montaña que ahora él no soportaba. Aborregados turistas se agolpaban contra los miradores y escuchaban la leyenda de su perfil femenino: una mujer víctima de la disputa entre dos hombres, ahora eternamente tumbada, dirigía su rostro y sus pechos erectos contra el cielo. «¿Qué hacen mirando la estúpida montaña? ¿No se dan cuenta de que no es más que un embuste y ustedes unos ilusos?» Y ellos lo miraban, a veces sin entenderlo porque la irritación lo hacía farfullar. Hacían unas fotos y se marchaban tranquilamente, en grupo. Algunos volteaban a mirarlo, pero siempre acababa quedándose rezagado, solo frente al mirador y la montaña. Entonces la angustia lo acometía tan fuerte que se apresuraba a adentrarse por los callejones. Detenía a quien se topara, una mujer, por ejemplo, la tomaba familiarmente del hombro y le revelaba: «¿Sabe usted que la mujer muerta no es más que una puta?» Como respuesta, la misma mirada opaca y bovina de siempre. Así que se alejaba meneando la cabeza, las manos a la espalda, y se prometía no comprometerse, abandonar aquella ciudad y regresar a la costa, donde hubiera un horizonte plano y la memoria de su mujer fuera aún reciente. A veces, en esos momentos, lloraba. Porque la recordaba consumirse, y la montaña en cambio perpetuaba su presencia sobre todas las cosas, y allí seguiría cuando él también se fuera a dondequiera que ella hubiera ido: «Ya no puedo estar», recordaba que le había dicho. Y a él lo conmovió la elección de un verbo tan cotidiano. Frente a un recuerdo tan doloroso solo podía desear: «Pediré un taxi, abandonaré la ciudad y pisaré la arena de la playa. Y allí respiraré un aire más suave. Nadaré sobre las olas y el agua salada me sostendrá mejor que estas piernas cansadas».

Pero los días se sucedían, apenas se percataba del paso de las semanas, y no se resolvía a salir de la ciudad. Los turistas acudían a cientos. Iban y venían alegres por las calles. Se detenían y tomaban fotos: cubierta de nieve en un día soleado, la montaña brillaba como un dulce escarchado. Cuando salía a la calle, y allí los veía, se resignaba. Fantaseaba, a veces, con ideas de exterminio: una corriente tumultuosa que, encauzada por los callejones, los empujara sobre el abismo; o el peso de un andamio que se derrumbara sobre ellos. Y con estos pensamientos avanzaba por las calles, doblaba por los callejones y llegaba al restaurante. Mientras masticaba frente a una mesa, cruzados los brazos, dirigía la vista hacia el techo. «¿Cómo se encuentra hoy?», le preguntaba la camarera, y él hacía oscilar la cabeza, desaprobando: «Estos tiempos; estos tiempos». Pero el ojo del televisor lo hipnotizaba y no concluía su queja, y la camarera se alejaba sonriendo. A veces, cuando ella le recogía los platos, se le franqueaba: «Esta noche no he pegado ojo». «Duerma la siesta», le decía ella. «Sí, sí, la siesta», replicaba él, «Si la puta me deja. ¿Usted también la admira?» Y volvía a obnubilarse con la imagen del televisor en un rincón junto al techo. Entonces ella le recogía los platos y se marchaba a la cocina, otra vez, sonriendo.

En efecto, unas noches dormía y otras no. Una de estas, de madrugada, se levantó desesperado de dar vueltas, atormentado por el estridor de la radio bajo la almohada y con un gran sofoco. Penetró en el salón y levantó la persiana. En la madrugada, los faroles llenaban la plaza de un fulgor amarillo. El negro del cielo brillaba y terminaba contra la cresta, más opaca, de la montaña. Le pareció que la cabeza adoptaba un perfil más cómodo, ella sí, en su sueño. Y, entonces, aunque trató de aplacarlo, surgió el recuerdo de su mujer, demacrada sobre su última sábana. Otra vez, lloró. Y bajó de nuevo la persiana. En la habitación rebuscó entre los medicamentos un somnífero líquido. Se lo echó sobre la palma y chupó. Con los brazos abiertos hacia el techo, le pareció que la cama oscilaba sobre un mar en calma. Se sintió mecido, acunado. Casi podía sentir la brisa. Pensó que acaso se había excedido con la dosis, porque su rencor se apaciguaba y lo embargaba un sentimiento de concordia.

Durmió y, cuando despertó, ya lo hizo con la decisión tomada. Con mucho trabajo se incorporó. Conservaba un dulzor pastoso sobre la lengua. En el baño se lavó y peinó. Mientras desayunaba, miró resueltamente la montaña. Desde la cima, bajó los ojos por la falda y llegó a los pies, donde la llanura comenzaba a encresparse. Le pareció que había un camino posible para llegar hasta la cumbre. Además, el día era limpio y luminoso, perfecto para acometer una empresa, ahora lo veía claro, demasiado tiempo pospuesta. Vestido y arreglado, agarró un bastón de deporte y salió a la calle. Montó en el coche y enfiló hacia la sierra. Se sentía alegre y pleno de energía. Bajó la ventanilla y dejó que el aire penetrara fresco como un torrente. A medida que se alejaba de la ciudad, la montaña crecía y se elevaba. Aún conducía con decisión, dueño de unos reflejos que había creído perdidos. La luz menguaba y empezó a sentir frío, así que subió las ventanillas dejando apenas una rendija abierta. Aminoró. Comenzó a tomar las curvas con mayor cautela. Cuando la carretera comenzó a ascender, entre los bosques de la ladera, sintió que el coche pesaba, pero cambió de marcha y le hizo recobrar fuerzas. Los pinos, altísimos y delgados, convergían por encima de la carretera, oscureciéndola. Detuvo el coche a la derecha, en un ensanchamiento del arcén que servía de mirador. Sin apearse, bajó la ventanilla del copiloto y miró hacia la ciudad. Permanecía allí quieta, apiñada en torno a la catedral, cuya torre descollaba. El sol de primavera, aún frío, la hacía rebrillar. Ahora, la sombra estaba sobre la montaña y lo cubría a él. Se sintió un poco indeciso. Hacía frío. Los árboles se mecían con el viento. Pero pisó el pedal y reanudó la marcha por la carretera, que serpeaba por el interior del bosque, cada vez más umbrío. Algunas manchas de nieve persistían en las hondonadas. Lamentó haber venido solo. Quizá aquella camarera habría accedido a acompañarlo, si se lo hubiera pedido. También lamentó no haber traído un abrigo. Pero regresar sería una pérdida de tiempo. Lamentó sentirse tan solo. Miró el asiento vacío del copiloto y la imaginó allí sentada, tal como habían ido juntos tantas veces. Pero no había nadie más que él en el coche, solo y cada vez más rodeado por la sombra de la montaña y el frío. Tuvo miedo. Tras un cambio de rasante la carretera giraba y descendía hacia el paso sobre un río. Antes de llegar, aminoró la marcha hasta detenerse. Apagó el motor y se apeó del coche. El bosque estaba en silencio. En el mundo no parecía haber nada más que el coche abierto, la carretera desierta y la montaña sobre él, oscura y fría. No quería seguir conduciendo, así que decidió emprender la caminata desde allí mismo.

Atravesó la carretera, saltó el bache de la cuneta y se agarró al talud de la ladera. Lo trepó con esfuerzo, agarrándose a las plantas y a los troncos de los pinos. Una vez arriba, avanzó entre los árboles. Caminó con ritmo un buen rato, internándose más y más en el bosque, campo a través, sin tomar ninguna senda. Era la primera vez, desde la muerte de ella, que sudaba y jadeaba sobre una mujer, sobre una mujer muerta. Le había vuelto el buen humor y estaba seguro de hallar el camino a la cumbre. El bosque debía terminar donde comenzaban los prados desnudos, a mayor altura. Al cabo de un tiempo largo de marcha, que no supo calcular, el bosque comenzó a clarear. Su ascenso coincidió con un camino que, esta vez sí, tomó. Era un camino bien trazado, que lo condujo al espacio abierto, de praderas verdes, al pie de la mujer muerta. Se detuvo jadeante y la contempló. Hacia arriba, donde se acababa la hierba, comenzaba el granito. Había desembocado bajo la cabeza tendida de la mujer, estática bajo el cielo, tal como la había visto desde la ciudad. Miró en torno. Algunas vacas pastaban o meditaban. Se volvió y observó la techumbre compacta del bosque, donde no había indicio ninguno de la carretera donde había abandonado el coche. Más allá, de nuevo, la ciudad: ahora solo un cogollo impreciso.

Se sintió lejos y muy solo. Era un lugar demasiado hermoso para no tener a nadie. Se volvió de nuevo hacia la montaña. El perfil de la mujer, que parecía tan dulce y dibujado desde la ciudad, era en realidad duro y rocoso, desapacible. La verdad, pues, que siempre había proclamado allá abajo y todos desoían, solo era accesible desde allá arriba. Debió de tratarse de una mujer fría y despegada, inflexible además. Pero los turistas, a cientos, se paraban frente a los miradores para descubrir su perfil, y suponían que dormía un sueño justo y apacible. «Estúpidos», se dijo, aunque ahora sin la misma cólera, más con el recuerdo del furor que lo atormentaba en la ciudad.

No tenía intención de continuar, pero aún aguardó un tiempo, sentado sobre la hierba. Alguna vaca, estatuaria, lo observó unos segundos y volvió la vista hacia la llanura. Pensó que era un buen lugar para dejarse desfallecer, sin comida ni agua, mirando al cielo hasta que todo acabara. Pero se levantó y echó una última mirada al cráneo de granito. Tenía la inmovilidad del rencor y el despecho. Sin pensarlo más veces echó a andar y penetró de nuevo en el bosque. Sintió frío y miedo otra vez. El bosque lo rodeaba más oscuro que antes, rumoroso. Se sentía, ahora sí, cansado y torpe, y deseó regresar arriba, a los prados que había dejado al pie de la montaña. Pero siguió caminando y logró llegar al corte de la carretera. Se asomó al talud y, aunque se había desviado, divisó la parte trasera del coche. Descendió y anduvo en silencio por mitad de la calzada. No se oían nada más que sus pasos y el viento que, ahora más intenso, desprendía escamas delgadas de las cortezas de los pinos.

Llegó al coche, que se había quedado con la puerta abierta, y se montó. La soledad era grande. Tuvo la impresión de estar robándolo. Arrancó, dio la vuelta y se alejó montaña abajo.

Aquella noche durmió bien, profundamente. Tuvo sueños, pero no los recordó ni lo perturbaron al despertar. Como cada día, salió al salón y contempló la mañana. Era un día nuboso. Las nubes altas corrían hacia el este y cruzaban la sierra por encima de la montaña. La ciudad y la montaña permanecían una junto a la otra, y su edificio se clavaba en la ciudad: seis plantas hasta los cimientos y él creía sentir sus raíces enredándose con las raíces de la montaña. Todos juntos e inmóviles mientras el cielo corría hacia la costa, donde su mujer había muerto. Nunca hollaron juntos las praderas al pie de la montaña. «Un lugar tan bello—recordaba ahora—a los pies de una mujer tan fría».

De pronto, se sintió atrapado entre las paredes. Le faltaba el aire. Abrió la ventana y aspiró, pero no obtuvo alivio, así que volvió a la habitación, se vistió, y, sin desayunar, se echó a la calle. Había dormido mucho y las calles comenzaban a llenarse. Junto al mirador ya había turistas contemplando el perfil femenino de la montaña. Se aproximó a ellos y escuchó en silencio sus comentarios. Le parecieron vanos y rutinarios, pero nada dijo. Se alejó por las calles. Tenía las piernas cansadas por el esfuerzo del día anterior, pero logró llegar hasta el restaurante. Se sentó a la barra y pidió un café y unas tostadas. La camarera no estaba y el dueño se limitó a servirle en silencio. Él tampoco dijo nada.

Estaban solos en el local aún vacío. Miró el televisor encendido sobre su atalaya, en un rincón junto al techo. En las noticias aparecían imágenes de las playas desiertas en la costa. Las cubría un manto de nubes y el mar parecía de granito. Metió la mano en el bolsillo del pantalón y halló unos céntimos. Se acercó al teléfono público y marcó el número de la central de taxis, allá en la costa. «Mándeme un taxi, por favor. Sí, urbanización el Manantial, calle cortada, número 3. Sí, le espero». Volvió a su lugar en la barra y siguió desayunando. Al cabo de media hora sonó el teléfono. El dueño salió de la cocina, se secó las manos en el pantalón y descolgó. No había nadie más en el restaurante, así que lo miró con el auricular en la mano y le preguntó. «¿Ha pedido usted un taxi? Le están esperando. ¡En la costa!" Se miraron unos segundos y él respondió: «Dígale que estoy lejos... Dígale, mejor... Dígale que no puedo estar, sencillamente».

Muñón de cerdo

Yo miraba la escena desde la puerta abierta, escéptica-
mente recostado sobre la jamba. Mi madre y su madre
conversaban sobre Enrique, de espaldas a mí, de manera que
yo alcanzaba a ver su rostro sobre la almohada, marcado por
el terror y el desamparo. Tras de mí, se abrían los pasillos oscuros y larguísimos, angostos y de elevados techos, cielorrasos perdidos en la misma penumbra de las alturas. Pero en
mí no había temor ni compasión, sino negligencia estudiada
y despectiva, y el rencor alimentado durante dos semanas de
vacaciones desastrosas. Un rencor que por fin hallaba un hecho donde aliviarse y expresarse. Porque yo no me creía nada
de lo que había relatado Enrique, nada en absoluto de toda
aquella patraña. Una más. Una nueva y distinta. Eso sí: mejor, apropiada y bien forjada, lo admito, sobre el escenario de
aquel hotel siniestro y nocturno en donde habíamos desembocado. Porque en nuestra huida por las carreteras, aquellas
dos mujeres solas y enemistadas, se aliaron finalmente en la
madrugada de Zaragoza para encontrar un hotel donde alo-
jarnos. Pablo, el hermano pequeño, dormía pacíficamente en
una cama arrinconada, tras una noche larga. Yo, mientras,
miraba la escena desde la puerta. Madrugada excepcional
aquélla, cuando me sentí crecer porque el miedo del desvelo
lo desterré por fin.

Aquel verano nos unimos mi madre y yo, su madre y amiga y ellos dos. Enrique era mayor que yo, apenas un año o dos; Pablo, menor, bastante menor, aún detrás del umbral de la inteligibilidad de las cosas, de los recovecos de las miradas. Inocente ante mis bromas infinitas y fáciles que lo hacían retorcerse de risa en su asiento del coche de la amiga de mi madre. Enrique estaba más allá, huraño y reconcentrado en el exterior de la carretera y los campos que veíamos pasar bajo una lluvia incesante que nos perseguía y se extendía tras nosotros cubriéndolo todo en la última quincena de agosto. Un otoño anticipado y una suerte funesta, que nos malogró las vacaciones porque nos impidió, para empezar, bañarnos en ninguna playa, que era nuestro plan inicial. Porque llovía con una persistencia digna de otra época y otro tiempo, y para colmo hacía frío, y viajábamos desapercibidos: pantalones cortos, sandalias sin calcetines. Por eso huíamos y mirábamos las predicciones y la amiga de mi madre dirigía su coche siempre de espaldas a las borrascas que nos seguían. Y en su ceño, desde el asiento de atrás, veía yo adensarse un humor parejo al del cielo, y unas ganas de buscar en quien descargar. Y Pablo reía, reía desaforado y extemporáneo, porque nadie más reía en aquel coche. Su hermano reproducía en su lugar una cólera paralela a la de su madre, y yo lo advertía, y me regodeaba con ánimo sádico en acrecérsela, porque hacía reír más a Pablo a base de cosquillas y muecas. Mi madre, podía yo adivinarlo sin ni siquiera verla, sufría por la violencia adulta de las situaciones comprometidas. Pero se regocijaba conmigo, y el júbilo que desataba en Pablo, aunque se guardase de alentarme, la alegraba, por verme finalmente reír y contento, aunque fuera con un niño más pequeño. Aquello la compensaba, y ahora creo que todo hubiera sido peor si nos hubiéramos rendido a la hosquedad del cielo y a la de aquella mujer y su hijo mayor.

Para ser justos, ellos habían sufrido también. Sufrían por la lluvia, sí; por el fracaso de unas vacaciones en un encierro móvil; por la compañía enojosa de una madre y un niño con menos dinero que imponían restricciones y ahorros en los alojamientos y en las estancias y en los restaurantes. Pero iniciaron el viaje lastrados de más graves dolores. La madre era azafata. Eso lo recuerdo bien. También recuerdo con nitidez que, pese a su acomodadísima situación, estaban marcados por una desgracia atroz. Su soledad, desde este punto de vista, no era equiparable a la nuestra. El padre, en un pasado próximo y no sé si anterior a nuestra relación, había muerto. En una acción absurda e inexplicable, había sacado la cabeza por la ventanilla del auto que conducía. Era de noche y circulaba por una carretera estrecha de doble sentido. Un camión que venía de frente, lo decapitó. La secuencia, desnuda, es así. No hay modo de aliviar la crudeza de aquella orfandad. Siempre imaginé aquel accidente como algo limpio. No un choque, sino un contacto breve, una proximidad excesiva, un cruce tangencial, que el conductor del camión pudo ni llegar a sentir. Tan definitivo, a cercén. Inconcebible al mismo tiempo, sin embargo, para mi capacidad infantil. Por eso mi madre siempre me advertía de que no sacara una mano ni un brazo por la ventanilla del coche en nuestros viajes por los inviernos de la Meseta. Y aunque ella no lo mencionaba, yo sabía que lo tenía en mente, y yo recordaba aquel encuentro atroz que no vi sino en el relato de mi madre, en la noche de una carretera de los ochenta, entre un pequeño coche rojo —así me lo imaginaba yo— y un camión nocturno e insensible. Por eso, había que guardarles consideración. Comprender. En ciertos momentos me abrumaba el vértigo de poder ni siquiera aproximarnos mi madre y yo a una pena semejante. Entonces miraba sus rostros, especialmente el de Enrique, fuera del coche su mirada, fuera todo él en su rencor y unos celos provocados porque yo me estuviera haciendo protagonista del afecto de su hermano. Y comprendía. Pero no lograba ver el horror. Lo suponía escondido, comprimido en el fondo de su corazón. Un padre sin cabeza.

Yo, debo repetirme, no creía su historia, no solo porque lo que contaba fuera inverosímil, sino porque estaba predispuesto en su contra. Con el tiempo, habían acabado con mi buen humor sus celos absurdos y la alianza que su madre y él formaron contra nosotros. En el período de aquellas vacaciones, por vez primera, fui consciente de nuestro lugar entre los otros, y súbitamente crecí, crecí gracias a la conciencia de la fea injusticia de que éramos víctimas. Menos dinero, sí, pero mi padre, con quien ya no vivíamos, aún conservaba su cabeza sobre los hombros, me decía a mí mismo, y me encastillaba en tal privilegio como una seguridad que nada podría hacer tambalear.

En la noche del hotel, bajo la mirada preocupada de nuestras madres, tumbado sobre la cama, Enrique mostraba mohíno la zona enrojecida de su antebrazo, y refería los hechos. Un hombre alto, enorme, inmenso, que cabía con dificultad en el vano de los pasillos por los que deambulaba insomne, lo había atacado. Se había interpuesto, primero, impidiéndole el paso, cuando regresaba del servicio. Se le había aproximado, después, oscureciéndolo todo, eclipsando la luz mortecina que mal alumbraba el yeso de las paredes y lo había apresado del brazo. Lo apretó fuerte, muy fuerte, atrayéndolo hacia él mientras descendía su corpachón desde lo alto, dándose un tiempo largo para encorvarse. Unos instantes antes de que todo se oscureciera, Enrique vislumbró unos ojos torvos y enloquecidos. El hombre barbotó algo amenazante y lo apartó violentamente. Lo dejó atrás y desapareció tras el recodo. Había doblado la esquina, pero Enrique, inmovilizado por el pavor, siguió oyéndolo mientras se alejaba. El hombre, por donde anduviera, retumbaba preso y constreñido en la estrechura del pasillo. Golpes con sus pies, con sus manos como ruedas, o con su misma voz tonante. Y todo ello se propagaba hasta que creyó sentirlo retornar de nuevo por donde se había ido y temió volver a toparse con él y entonces corrió hasta la habitación. Enrique mostraba ahora su antebrazo enrojeciéndose y en la piel comenzaba a definirse una extraña huella triangular.

Por efecto del mohín y del temor, sus cejas descendían en los extremos y se aupaban juntas en el entrecejo, formando otro triángulo. Mi madre se volvió y me dirigió una sonrisa leve, para confirmar que yo permanecía allí. Por un instante, pareció pensarse algo. Vi en su frente la maduración de una advertencia, pero nada me dijo. Algo parecido a no saques la mano del coche, es peligroso, o no deambules solo por estos pasillos, y se volvió a hablar con la otra madre, de quien solo la espalda yo veía. En ese instante, perdí parte de mi seguridad y aligeré el rencor y me permití desprenderme de mi estudiado apoyo para penetrar en la habitación. Enrique, desde la cama, me dirigió una mirada opaca, exenta de mí, me pareció. O más bien yo exento de ella, exento de la habitación y en el quicio de la escena, a pesar de la mirada de reconocimiento y seguridad que mi madre acababa de dirigirme. Y entonces tuve miedo y acabé por adentrarme resueltamente en el espacio que todos, incluso Pablo dormido, compartían, hasta quedar junto a mi madre, a los pies de la cama de Enrique. Y lo miré y él me miró, y vi entonces sin género de dudas el horror.

Aquella noche nos acostamos todos tarde. Ya era de hecho muy tarde cuando habíamos arribado al hotel, noche cerrada; tarde aquellas vacaciones que dábamos por desahuciadas; igualmente tarde para reparar la amistad entre nuestras madres y poner los cimientos de nuestra amistad futura; irremediablemente tarde, sobre todo, para su padre. Pero también muy tarde para mí, que comencé a sentir el cansancio y el sueño a la vista de las sábanas de la cama de Enrique y mi madre lo advirtió y me preguntó con cariño, mientras me pasaba la mano por el cabello: «¿Tienes sueño, cariño?». Así que pronto nos fuimos y los dejamos a los tres en su habitación. Nuestra habitación guardaba una cierta semejanza con la suya. Un aspecto de sanatorio noble y decadente. La blancura de las molduras de los cielorrasos se sumía en una penumbra que yo evitaba mirar, mientras mi madre se lavaba en el baño. La puerta abierta en un ángulo agudo trazaba, sobre el suelo de tarima oscura, un triángulo amarillo y largo que llegaba hasta mi cama. Acostado y arropado, miraba y escuchaba. El correr del agua del grifo y las enérgicas fricciones del cepillo de dientes. Las sábanas tenían un tacto neutro y un olor áspero. Encogía mis piernas más acá de las zonas frías del colchón. Mi madre salió del baño, apagó la luz, se aproximó a mi cama y me dio un beso. No del todo satisfecha, me apretó dos besos fuertes en el carrillo y se fue a su cama. Suspiró: «Duérmete, hijo». Y se hizo el silencio.

En efecto, me dormí, no sé cómo ni cuándo, pero el caso es que acabé despertando naturalmente. Era aún de noche. Ningún cambio en el grado de oscuridad. La sombra dormida del cuerpo de mi madre suspiraba en el sueño, vuelta de espaldas. Miré la habitación y la hallé idéntica, más familiar quizás que cuando me había dormido. Enseguida advertí la razón de mi desvelo. Una comezón me angustiaba la espalda. Probé a girarme, me tumbé de costado, de espaldas a mi madre, ambos así espalda con espalda separados por un espacio del suelo. Pero la pared que veía ahora me disgustaba e incrementaba la angustia. Me revolví entre las sábanas, impaciente, sin comprender nada de aquella nueva sensación. No comprender avivaba el problema. Pensé en Enrique. Traté de imaginarlo dormido, en aquella cama central en torno a la cual todos lo habíamos velado como a un enfermo. La escena tenía algo de visita hospitalaria, que ahora se me desgajaba de las vacaciones. El viaje por las carreteras, las playas entrevistas, las paradas en los restaurantes de carretera, todo parecía soñado en el lapso que hubiera dormido. ¿Tres horas? ¿Dos? Llegué a dudar incluso de la existencia de Enrique, Pablo y su madre. Llegué a dudar de que el bulto de mi madre dormida cerca conservara vida. Temiéndome una sorpresa, me levanté y acerqué a ella con el propósito de despertarla, pero la vi tan quieta, tan cerrada en su sueño y perfecta, que me retraje y caminé unos pasos por la habitación. La tibieza orgánica del suelo me permitía caminar descalzo. La comezón persistía, sin embargo, decantada, precipitada en el coxis. Como si una bola me creciera allí dentro, y todo lo atrajera, tirando de las fibras de mi mandíbula, haciéndome secretar saliva.

Pensé que caminar más aliviaría un poco aquella tensión. Abrí la puerta de la habitación y salí al pasillo. Allí también el grado de luz era idéntico, inalterado. Las luces emitían con la misma fuerza y desde los mismos lugares. Yo recordaba la dirección del baño común y me encaminé hacia allí. Un paseo nocturno con un objetivo me haría bien. Seguía con la mirada los tablones oscuros y bruñidos del suelo. Algunas puertas se levantaban a mi paso, estrechas y largas, ocultando habitaciones en silencio. No supe ubicar la habitación de Enrique. No pude, como tampoco antes al despertarme, imaginarlo dormido. Recordaba solo su mirada transpuesta, más allá de mí, más allá de nuestros celos, más allá del verano, más atrás quizás. Pronto encontré el cuarto de baño. La puerta estaba entornada y la luz sobre el espejo, encendida. Me pareció agradablemente limpio y equipado. En el reflejo, pese a mi estatura, alcancé a contemplar mi rostro despierto y apenas abotargado. Confirmé que había dormido muy poco. Me acerqué a la taza y oriné. Con mucho tiento, con temor de despertar no sabía a quién, tiré de la cadena y el agua corrió. Salí sin apagar la luz. La puerta la dejé un poco más abierta de lo que la había encontrado y avancé por el pasillo.

Entonces lo oí. Al principio un retumbo, de origen impreciso. Sonó en todas partes; vino de dentro, de allá dentro, del fondo de las paredes, de las fibras de la tarima en el suelo. Después un golpeteo rápido, pautado, a ratos rítmico, y claramente más agudo. Por fin unos pasos, bien definidos, de alguien pesado y torpe, pero aún si dirección. Eché a andar hacia la habitación, sin pensar, escuchando solo, y apenas persuadido de que llevaba el rumbo cierto, porque frente a mí oía acercarse los pasos e instintivamente habría dado media vuelta y huido. Pero el caso es que sabía que desandaba el trecho desde mi habitación al servicio y no pude concebir un rodeo por el dédalo del hotel. Enseguida los pasos se hicieron tan concretos que creí ver una figura por delante, una concreción del espacio, un aire hecho sólido y dibujado, pero proseguí sin aminorar el paso y otra lámpara avanzó hacia mí y no fue más que una impresión. Entonces reconocí un recodo olvidado antes y allí sí que apareció.

Era el mismo hombre. No tuve ninguna duda. No solo fueron sus ojos ni su tamaño ni su peso, que yo podía sentir en la madera bajo mis pies desnudos. Era su presencia, el volumen, la forma como el pasillo se oscurecía. Su interposición. Todo. Supe que era él. La hora, nuestro encuentro, mi estar fuera de lugar y su vagar. Recordé a Enrique y su horror. Comprendí. Le creí. Por un momento, como él relató, se hizo oscuro y me aparté a un lado. Me junté a la pared teniendo buen cuidado de que mis brazos se adosaran a mi cuerpo, sin sobresalir. El hombre pasó a mi lado, pero se detuvo bajo una lámpara de techo. Entonces se volvió y me miró. Las sombras se le derramaban por la nariz y se le escurrían por las comisuras. «¿Qué haces despierto a estas horas, mocoso?», me preguntó. Yo no supe qué responder, más que una pregunta: «¿Qué hora es?». El hombre se lo pensó un instante, como si calculara, y finalmente se descubrió la muñeca. Para ver bien la esfera del reloj retrocedió unos pasos bajo la lámpara, que ahora iluminó bien. Mostró una mano extraña, de sueño. Solo tres dedos, dos de ellos más gruesos. Uno de éstos deforme, hinchado, como si hubiera aunado el resto, carne y huesos no escindidos, sino apelmazados en uno. También una única uña compartida, en forma de delta y su extremo afilado. Un triángulo picudo. Muy mal pude mirarle a la cara, que me sonrió cuando dijo: «Las tres y media. Anda, a la cama». Musité «gracias» y doblé la esquina. Lo oí alejarse, con el mismo paso regular y macizo, tan encajado en el pasillo y en la hora.

Llegué a la habitación, empujé la puerta que había dejado entornada, cerré tras de mí y me llegué a la cama. Mi madre respiraba ahora boca arriba. Su perfil de tinta me recordó a mi abuela. No me pareció tan dormida como antes. Más en la superficie, más accesible, así que esta vez no renuncié a acercarme y remecerla con mi mano en su hombro. La bola se me anudaba más tirante que nunca en la base de la espalda. «Me duele aquí, mamá», le dije. Y ella se retiró y abrió las sábanas que olían bien a ella y me abrazó.

Color amarillo

El lomo blanco del tren pasó velocísimo por encima del muro. Por un instante, las voces de los niños en el parque se apagaron, la vibración del viaducto cesó. Emma volvió la mirada al césped, donde una mujer mayor jugaba al fútbol con sus nietos. Nada en su aspecto se le asemejaba, pero a Emma le recordó a su madre muerta, severa incluso en el ataúd. Se giró en el banco en el que estaba sentada para observar el torreón de ladrillo rojo, incólume en el delta que dejaban en su unión la avenida y el callejón junto a las vías. Los pinos de la rotonda, a sus espaldas, permanecían en una sombra deleitosa bajo el viaducto. El grito agudo de un niño la hizo volverse y buscar con la mirada a Pablo. Lo llamó y el niño acudió, vivaz, flaco: «¡Mira Pablo! El torreón de la abuela. ¿Te acuerdas?». Pablo dirigió una mirada distraída, sin interés, se aupó sobre las rodillas de su madre, dio un saltito y se marchó corriendo. «¡Pablo!», gritó Emma, pero el niño no la oyó. Emma frenó el impulso de levantarse e ir tras él. En el parque, la mujer mayor propinó un torpe pero enérgico puntapié al balón. «¡Será estúpida!», pensó Emma, y levantó la mirada al cielo.

Empezaba su trabajo a las seis y media de la mañana. Debía limpiar ocho portales de una única parcela. Para llegar puntual, se levantaba a las seis menos cuarto y caminaba quince minutos desde su casa. Se vestía con una larga bata azul, se enfundaba unos guantes de plástico muy fino y recogía el cubo, la fregona y los líquidos de limpieza. Durante la primera hora apenas veía a nadie. Más tarde, un estudiante, una madre con su hija, salían pisando con cautela el suelo aún mojado: «Disculpe». Un día, alguien la saludó: «*Bon día*». Emma sonrió: «¿catalán?» «No, ¿por qué?», negó el interpelado, y Emma lo vio desaparecer en la calle, desconcertada. «¿Por qué hemos venido a esta tierra?", se lamentaba, mientras sentía en sus yemas el tacto engañoso del agua sobre los guantes. Y entonces, recordaba la añoranza de su madre, aún treinta años después de haber emigrado a Barcelona: «Mi torreón...», la recordaba suspirar. «Suerte que no alcanzó a verlo como ahora se halla— pensaba Emma—, chaparro y rodeado por esbeltas urbanizaciones de ladrillo bruñido». Emma se sorprendió al verlo, cuando pudo compararlo con la imagen que su madre solía rememorar. A su costado, permanecía la casa molinera que les había servido de vivienda. «Con el tiempo acabamos ocupando también las dos plantas del torreón, a pesar de que solo debíamos cuidarlas», refería su madre. Ahora, cuando caminaba al trabajo y contemplaba desde lejos sus balcones cerrados, imaginaba la vida de antaño y casi podía ver a su madre acodada sobre la baranda, asomada hacia los campos.

Cuando se instalaron, Emma convenció a Lázaro de que visitaran el torreón. Todavía no sabía que la empresa para la que trabajaba le asignaría una urbanización próxima. Llevaron consigo a Pablo. Emma experimentaba una intensa agitación. En el autobús que tomaron, Lázaro, con Pablo sobre sus rodillas, sonreía a Emma y hacía comentarios ridículos, vanos. Emma se esforzaba por excitar la curiosidad del niño, pero su voz le salía inclemente, exaltada. Lázaro trataba de tranquilizarla: «Calma, llegaremos», y volvía la vista hacia la calle, a través del cristal, en cuyo reflejo Emma creía descubrirle un gesto discrepante. Se bajaron en la parada más cercana. Cuando el autobús hubo arrancado, quedaron los tres quietos, indecisos. Al otro lado de la rotonda, frente a ellos, se levantaba el torreón de la abuela. «Allí pasé yo mis primeros seis años, Pablo, hijo», le señaló. Cruzaron por el paso de peatones y se aproximaron. Trataron de rodearlo, pero una valla de metal se lo impedía. Emma se acercó a una de las ventanas bajas. Atisbó entre los postigos cerrados una habitación vacía. En un rincón, algunos escombros. Un intenso hálito de humedad salía del interior. Pablo, acuclillado, trazaba paralelas en la grava. «Está abandonado», observó Lázaro. Emma no le contestó. Se retiró y miró hacia arriba: el cielo y las cornisas de ladrillo. Pasearon unos minutos por los alrededores. En los espacios no edificados crecían arbustos muy verdes. Pablo comenzó a quejarse, gimoteó un poco y Lázaro le cogió de la mano. Emma, de espaldas, observaba el muro blanco recién levantado que preservaba las casas del ruido del tren. «Pablo está cansado, Emma. Deberíamos irnos», le escuchó decir a Lázaro. En el interior aséptico del autobús, Emma se prometió regresar sola. Pablo arrastraba el pulgar por el cristal y producía un ruido desagradable. Lázaro se esforzaba: «Está bien conservado, ¿verdad?»

La semana siguiente, Emma tomó otra vez el autobús que llevaba a los barrios del sur. Era una tarde de calor, ventosa. En las aceras, los plátanos tiernos se curvaban. Cuando llegó al torreón, se encaminó directamente a las casas molineras junto a la vía. La mayoría estaban cerradas, impenetrables, pero a la puerta de una de ellas, cuyo interior escondía una cortina de cuerdas, un hombre gordo dormitaba. Su barriga y sus pechos se derramaban como bolsas de agua. Al ruido de los pasos abrió los ojos, cerró la boca. «Buenas tardes», saludó Emma. «Buenas tardes», respondió él. «Me llamo Emma Pastor. Me he mudado con mi familia desde Barcelona. Cuando era muy pequeña viví en el torreón, con mi madre. ¿Se acuerda de mí?» El hombre la examinó, tamborileó con sus dedos sobre la silla de playa en la que descansaba: «Lo siento», repuso, y se explicó: «Vine aquí hace diez años con mi hijo y mi nuera. Cuando llegamos, el torreón estaba ya deshabitado». Emma dirigió la vista hacia el final del callejón, cerrado por el muro blanco: «Gracias», dijo. El hombre bostezó y la observó de espaldas, mientras se marchaba.

Emma salió del callejón, dobló a la izquierda. Anduvo por la acera hasta que se alejó lo suficiente para ver el torreón por encima de las casas. Desde allí, también se veía la avenida más allá de un descampado. Aún incierto, el autobús regresaba lentamente. Emma decidió atravesar hasta la parada. Había hondonadas y montículos cubiertos de maleza. En la mitad del camino, encontró una bicicleta tumbada. Recostado contra un pequeño talud, un hombre joven descansaba. Llevaba el torso desnudo. Al verla, pareció sobresaltarse. Algo se arregló entre la ropa remangada. «Estaba masturbándose», pensó Emma, y se apresuró para alcanzar el autobús. A sus espaldas, tras el muro, con un fragor fugaz, pasó el tren. Ya instalada en su asiento del autobús, vio cómo el ciclista se levantaba y sintió asco.

Al cabo de unos meses desde su llegada, Emma hizo su primera amistad. Una mañana temprano, una mujer se detuvo en la escalera. Emma limpiaba los cristales de una puerta. «Es usted nueva, ¿verdad?», le sonrió. «Me llamo Sonia», se presentó, tendiéndole la mano. Emma se excusó: «Llevo guantes». «No se preocupe», la tranquilizó. Desde entonces, empezaron a toparse con más frecuencia y Sonia siempre tenía tiempo para cruzar unas palabras. Cuando caminaba hacia el trabajo, Emma pensaba en Sonia, en la prisa que siempre llevaba y que sin embargo no le impedía hacer un alto. También pensaba en su autoconfianza, en su don de gentes, y la envidiaba. Una mañana de viernes, Sonia le dijo: «Emma, ¿por qué no venís mañana a casa? Así podré conocer a tu familia, y charlaremos». Emma, halagada, aceptó la invitación. Nunca, hasta ese momento, había visto el barrio por la tarde. La luz vespertina confería un valor extraordinario al viaje. Pablo corría por delante, subiendo y bajando de cada banco. Lázaro la llevaba del hombro, relajado. Emma estaba nerviosa. Tenía miedo de no hallar palabras, de sentirse apabullada por la desenvoltura de Sonia. Enseguida, no obstante sus miedos, se calmó. Sonia le mostró su casa. Le habló de su afición a la pintura y Emma alabó sus cuadros de alegres colores. Se sentaron a conversar en torno a una mesa de café, donde Sonia había dispuesto fuentes de frutos secos, patatas, grandes copas de mosto rojo. Pablo comía hundido en un enorme sillón. Lázaro, sobre el borde del sofá, mecía una copa en la mano. A veces, le pasaba una mano por la espalda y Emma sentía un desapacible escalofrío. Quiso apartársela, pero se contenía, porque Sonia preguntaba:

—Así que sois de Barcelona, ¿eh?

—Sí, nos mudamos hace tres meses. Yo, en realidad, nací aquí, aunque crecí en Barcelona. Mi madre tuvo que marcharse.

—¡Ah, Barcelona!, soñó Sonia, y la mitad de su rostro desapareció tras la copa.

—Mi marido es andaluz. Pablo, mi hijo, es barcelonés —agregó Emma.

Sonia dirigió una tierna sonrisa a Pablo, que en aquel momento jugaba con los cacahuetes. Emma comenzó a sentirse bien, expresiva.

—Mi madre tuvo en este barrio un torreón muy antiguo, donde yo pasé parte de mi infancia. Cuando cumplí los seis años, la ciudad estaba ya muy crecida. Se extendía hacia el sur y nos llegó una orden de expropiación... —Emma se detuvo, bajó la vista, y continuó:

—Tuvimos que marcharnos. Lo dejamos todo en un mes apenas. Mi madre no soportaba la pena y decidió que nos fuéramos lejos.

Lázaro carraspeó, le ofreció una copa. Sonia sacudió la cabeza comprensivamente y tornó a mirar a Pablo, esta vez con un rictus conmiserativo, como si el niño hubiera sido el desahuciado.

—El progreso carece de sentimientos —reflexionó Lázaro.

—Seguramente lo conoces, Sonia —dijo Emma.

Y añadió:

—Es un torreón de dos pisos, hecho de ladrillo rojo. Tiene ocho caras. Está junto a la vía.

Sonia se disculpó. Hacía poco tiempo que vivían en aquel apartamento. Por otra parte, cuando Sonia salía lo hacía en coche, aceleradamente, sin prestar atención a nada que la rodeara salvo el objetivo de llegar con puntualidad. Lázaro y Emma asintieron. Entendían. Pablo se había levantado. Rondaba alrededor de una gran mesa de oscura talla castellana. Emma preguntó:

—¿En qué trabajas, Sonia?

—Dirijo una academia y doy clases a tiempo parcial. Una vida muy estresante. ¡Necesito unas vacaciones!

—¡Claro! —rieron al unísono, y en aquel momento se oyó un estruendo, el estallido de un vidrio.

Se volvieron hacia Pablo. Sonia se levantó y se acercó a un trinchero a cuyo lado se encontraba el niño.

—¡Pablo! ¡Qué has hecho! —exclamó Emma desde el sofá.

Sonia recogió del suelo dos grandes pedazos de cristal labrado. Lázaro, aún sentado, dio un sorbo a su copa de mosto rojo. Emma se aproximó al trinchero frotándose las manos.

—¡Lo siento! ¡Es que este niño es un terremoto!

Sonia, valorando los restos, musitó:

—No te preocupes.

Emma se giró hacia Pablo, lo agarró fuerte del brazo y lo zarandeó:

—¡Mira lo que has hecho! ¡Una antigüedad!

El niño se apartó asustado. En sus ojos había espanto. Miró hacia su padre, que estaba muy serio, y prorrumpió en llanto. Sonia reunió los pedazos sobre la mesa. Su mirada se había tornado opaca:

—No te preocupes. Son cosas que pasan. Tan solo es un niño...

Emma se mesaba los cabellos. Los sollozos de Pablo en el pasillo la exasperaban. Lázaro se acercó y la agarró del codo. La piel de sus dedos estaba grasienta por los frutos secos.

—Lo lamentamos mucho, Sonia. ¿Podríamos comprarte otro? —dijo.

—¡Oh! Muy amable, pero era de mi abuela, no quedarán ejemplares.

Emma se desasió de Lázaro y salió al pasillo. Agarró el bolso y llamó a Pablo con voz perentoria. Todos se reunieron en el vestíbulo. Sonia esbozaba una sonrisa de lástima y perdón. Pablo sollozaba con suaves pálpitos de inercia. Se despidieron abruptamente, con urgencia, como si se les hubiera impuesto la separación. Emma formuló nuevas disculpas, apretó fuerte la mano de Sonia. Mientras bajaban las escaleras, Emma reconoció los ángulos que limpiaba cada mañana. Pablo la precedía, bajando cada escalón con torpe cautela. Antes de llegar al final se tropezó y cayó blandamente. Tras un corto estado de estupor, estalló en llanto. Emma lo izó, lo sacudió con brusquedad:

—¿Te quieres callar? ¡No haces más que incordiar!

Lázaro acudió desde atrás, trató de apaciguarla, pero, cuanto más lloraba Pablo, más se exaltaba Emma:

—¡Tú abuela te habría enderezado! —gritó, y enseguida oyó decir al niño:

—¡Mierda tu torreón!

Emma lo liberó, estupefacta. Pablo la miraba de hito en hito, suspenso el llanto, él mismo alarmado de su osadía. Antes de que Lázaro alcanzara a alzarlo en sus brazos, una sonora bofetada restalló en la mejilla del niño. Un eco muy breve y agudo se propagó por la escalera. Emma echó a andar hacia la calle. Lázaro la seguía con el niño en brazos, ahora silencioso, contemplativo. Cuando llegaron a casa, Emma se encerró en la habitación de invitados. Estuvo contemplando el techo desde la cama. Nadie llamó a su puerta, aunque se los oía fuera. Tarde, cuando las voces de Lázaro y Pablo se hubieron extinguido, salió a la cocina, se hizo una cena frugal y se la llevó de vuelta a la habitación. Junto a un vaso de agua colocó una caja de tranquilizantes. Cenó y tragó uno de los comprimidos. Se tumbó de nuevo y esperó el efecto. Para entretenerse desplegó el prospecto. Conforme iba quedándose dormida, alcanzó a leer, entre los componentes: «color amarillo».

—¡Qué bonito! —pensó, y se sumió en el sueño.

Al día siguiente Emma despertó tarde. Al principio pensó que era muy temprano, a causa de la luz fría que penetraba a través de la persiana. Pronto, por el bullicio del paseo, se percató de que la mañana había avanzado. La casa estaba en silencio. Imaginó que Lázaro y Pablo estarían paseando como los demás, bajo el frescor de los plátanos, en un domingo. Se desentumeció con placer, feliz de hallarse sola. Se levantó y se duchó. Mientras se peinaba recordó la merienda de Sonia, la fuente rota, el desdén insólito de Pablo y sintió un rencor casi apagado. Se sentó en un sillón frente a la televisión. Cuando Lázaro y Pablo llegaron Emma se sentía completamente relajada. El niño saltó con ímpetu sobre sus rodillas. Se atropellaba en el relato de la mañana, los juegos, sus rivales. Emma le retiró el flequillo largo que le caía sobre un ojo.

—Tenemos que cortarte el pelo, hijo.

—¡No! —se rebeló y se fue corriendo, pleno de energía.

Lázaro llegó por detrás y la besó en la frente. Hizo una suave caricia a sus pechos sin sostén.

—Cocino yo —se ofreció.

Al cabo de una hora Emma comenzó a sentir hambre. Fue a la cocina y estuvo un rato contemplando la espalda de Lázaro junto a los fuegos. A su costado, empinándose, Pablo observaba lo que su padre hacía. La radio y el extractor de humos, en alta potencia, ensordecían las voces. Emma se percató de que su entrada había pasado inadvertida.

—¿Qué cocináis? —preguntó con una voz deliberadamente baja.

—¿Qué cocináis? —repitió sin apenas subir el volumen.

El ruido, el calor y el humo se le hacían insoportables. Entonces Emma revivió un recuerdo olvidado. Su madre cocinaba con la ventana abierta. Las hojas de madera se balanceaban suavemente por la corriente de aire. Fuera del torreón, se veían los campos amarillos de agosto. La nostalgia creció tanto que una angustia repentina la acometió. Vio las espaldas herméticas de Pablo y su padre y no tuvo más remedio que volverse.

Buscó ansiosamente con la vista. Bajo la caldera había un taco de madera con cuchillos hundidos hasta la empuñadura. Se acercó y extrajo uno de ellos. Lo agarró hacia abajo, con el filo de la hoja hacia dentro. Levantó el brazo y ensayó un ademán de apuñalamiento. Experimentó una gozosa energía y repitió el gesto, esta vez hacia ellos. En ese momento, Pablo, con una leve torsión de cuello, sin volverse apenas, la miró. Emma se congeló. La expresión del niño era hierática, sin interés, y enseguida volvió a centrarse en su padre. Emma bajó el brazo, dejó el cuchillo sobre la mesa y salió de la cocina. La penumbra del salón con la persiana baja le resultó muy grata. La puerta de la cocina se abrió y apareció Lázaro con una fuente humeante en los brazos.

—¡A comer! —dijo con alegría.

Emma lo miró desde el sofá, sin atreverse a levantarse, y Lázaro le dijo:

—¡Vamos, levanta! ¿En qué estabas pensando?

Oleander

Beniko cerró violentamente la ventana y se volvió para no ver las flores. La hoja vertical había caído con estruendo, como una guillotina. La angustia le ascendía por el vientre, la sofocaba y empezó a respirar anhelosamente. Escuchó en silencio, pero nada oyó y no pudo saber si Isaac estaba en casa, si lo había sobresaltado en su sueño calmo. Se acercó al espejo y se miró. Abrió la boca y se examinó la dentadura. De nuevo prestó atención, pero la casa parecía vacía. Sola, una vez más. Abrió la puerta y salió al pasillo, descalza. La presión de la moqueta entre los dedos la confortó. Llegó hasta la sala sin detenerse y abrió la nevera. Permaneció unos instantes ante el interior frío, los estantes sucios y desordenados, y la cerró. Levantó las persianas. La mitad de la sala se llenó de sol y calor inmediato. A su vuelta por el pasillo aprovechó para conectar el aire acondicionado. Jugó unos instantes con el termostato, dándose tiempo para percibir siquiera los suspiros del sueño a través de la puerta de Isaac. De vuelta, se detuvo en el umbral de su propia habitación.

Incluso con la ventana cerrada podía sentir la suave pestilencia de los pétalos blancos. Enfrente crecía un macizo alto, arbóreo, que ensombrecía su habitación en el otoño y cuyas ramas más superficiales rozaban el cristal y lo arañaban insoportablemente en las noches de viento. De la habitación de Isaac llegó un gemido apagado. Beniko atendió, sentada en el borde de su cama, junto al quicio de su puerta entreabierta. Una vez más, una voz de mujer, con más decisión ahora, gimió. Beniko se inclinó hasta pegar los pechos a las rodillas y entrelazó los dedos de sus manos con los de sus pies hasta que sintió las falanges oprimidas.

Isaac no fue como se lo había imaginado. Le dijeron que le habían encontrado un compañero adecuado, un estudiante español apenas un año más joven. Cuando lo conoció se sorprendió de su pelo largo, recogido en una cola sobre la espalda. Tenía una voz suave y un acento gentil y cuando le hablaba la miraba directamente a los ojos. Descubrió que detrás de sus gafas ovaladas había dos iris verdes. Le mostró la habitación y a él le satisfizo. La misma tarde del día que se conocieron empezó a traer sus cosas. Hizo una mudanza rápida, con un amigo que le ayudó a cargar la cama y a doblar las esquinas del pasillo. Entre los tres reían y Beniko colaboraba acarreando pequeñas cajas. Pronto estuvieron solos y Beniko pudo indicarle sus espacios en la cocina, el emplazamiento de los vasos, de los cubiertos. Isaac asentía a todo sonriente, afable. Cuando ella se aupaba para alcanzar algún estante superior, él se lo abría, solícito, y Beniko tenía que volver a bajarse la camiseta subida por encima del ombligo. No quedaron zonas oscuras en el acuerdo de convivencia. A sus amigos les dijo que había encontrado el compañero ideal. En ocasiones, cuando llegaba a casa cansada, lo hallaba cocinando, envuelto en vapores, concentrado. Beniko se acercaba y él le daba una cucharadita para degustar. Beniko aprobaba, encomiaba y se marchaba a su habitación unos minutos, incrédula, feliz, para regresar al poco y entablar diálogos aún titubeantes. Se sentaba en una banqueta elevada y recogía las piernas en el travesaño más alto. Así lo miraba hacer, le hacía comentarios y preguntas, que él respondía suspendiendo su tarea y ajustándose las gafas sobre el puente de la nariz. Beniko empezó a levantarse muy temprano, para ducharse en primer lugar. Cuando salía del baño tocaba en su puerta para anunciarle que ya podía usarlo. Desde su habitación, mientras se vestía frente al espejo, escuchaba el rumor de la ducha, los giros de los grifos, la cortina corriéndose.

Una mañana, Beniko le propuso una excursión. Se celebraba una feria junto al lago, una extensión artificial de agua construida donde no había habido sino arena, para el recreo de barcos de corta eslora y pequeños botes de pesca deportiva. En su orilla se levantaron con asombrosa rapidez lujosos bloques de apartamentos acristalados, azules, que reflejaban el cielo diáfano, el puente que llevaba a la autopista y los aviones que descendían sosegadamente sobre Phoenix-Sky Harbor. Beniko e Isaac pasearon entre las carpas montadas sobre el césped, probaron las salsas que se ofrecían sobre las mesas y votaron la mejor. Acabaron sentándose en el pretil del lago, con las piernas colgando sobre el agua verde. El lomo de algún pez se entreveía un instante junto a la piedra y regresaba a la profundidad. Se informaron uno al otro sobre sus orígenes, sus familias remotas y la fisonomía de las ciudades donde habían crecido. Beniko le habló de un puerto pesquero en la costa sur de Japón, cuyas casas subían por laderas escarpadas entre árboles frondosos. Isaac le describió las Ramblas de Barcelona, su animación festiva, y Beniko se hizo el propósito de visitarlas. Cuando la piedra ocre del puente empezó a dorarse, decidieron regresar. Beniko caminaba sin esfuerzo, sentía el calor del sol acumulado en sus mejillas y se deleitaba con la lasitud de sus piernas cansadas. A su lado, ensimismado, Isaac se revestía de la magia de lo sobrevenido.

Una tarde, ya próxima la noche, en que Beniko trabajaba en su habitación, oyó abrirse la puerta principal. Ya se disponía a levantarse cuando distinguió, tras la risa de una mujer, la réplica suave de Isaac. Beniko entornó su puerta abierta. Las voces se demoraron unos minutos en el salón, conversando, y después se internaron por el pasillo hasta que se encerraron en la habitación de Isaac. La música comenzó a sonar, amortiguada por los tabiques, y las voces se apagaron, confundidas por la voz del cantante. Beniko permaneció a su mesa, mirando los papeles. Se levantó varias veces, ordenó los objetos sobre la cómoda, miró una vez más las fotografías sobre las paredes: su padre sonriente junto a su madre, vestidos con chubasqueros amarillos contra un fondo verde y lluvioso; Beniko junto a su hermana, en una imagen de primer plano, sus rostros pegados y enrojecidos por el frío. Al cabo de un par de horas, el volumen de la música descendió, las voces se tornaron audibles, la puerta de Isaac terminó abriéndose, y juntos, él y la chica, desaparecieron por el pasillo. Entonces, para Beniko, todo regresó al silencio más perfecto y angustioso.

Con pocas variantes las visitas se repitieron con discreción parecida. Beniko no podía saber si se trataba de la misma mujer, por más que luchara por aislar matices en las voces. Isaac, por su parte, mantenía largas conversaciones por teléfono fuera de la casa. Podía verlo caminando arriba y abajo por la acera de la calle, con un automatismo irritante. Con frecuencia, sin la menor cortesía, interrumpía conversaciones que estuviera manteniendo con ella y se salía a la calle, o al jardín, cubierto con una capucha oscura, para atender una llamada. Beniko acababa por irse a la cama, desairada, y se hacía la promesa de alejarse de él y exhibir una actitud distante. Pero cada mañana escogía su ropa con el deseo de que a él pudieran gustarle las formas ceñidas de sus muslos, su cabello lacio y negro y el tatuaje que se había hecho en la parte baja de la espalda. Al cabo de un tiempo, Beniko alcanzó a verlos juntos. Llegaba en bicicleta del gimnasio y ellos estaban comiendo frente a la televisión, solos y relajados. Isaac se la presentó. Beniko estrechó la mano de una muñequita americana, inobjetable por su rostro ovalado de grandes ojos y su pequeño cuerpo cultivado. Se encerró en su habitación sin atreverse siquiera a cenar y se arrojó sobre la cama boca arriba, con el televisor encendido. En su mano hacía girar un manojo de llaves, a un lado y a otro, que le golpeaba el dorso de su mano. Aquella noche no pudo conciliar el sueño. Una comezón le atormentaba la espalda, la hacía removerse entre las sábanas enredadas y húmedas de sudor. No resistió más y se levantó. Abrió la puerta que daba al jardín y salió a la noche fresca y amable. Entre las siluetas indistintas vio la bicicleta de Isaac. Miró al cielo y vio estrellas pálidas, remotas. Volvió a la habitación y agarró las llaves. Al amparo de la madrugada hundió con fuerza la más aguda de las llaves en cada rueda de la bici y esperó a que el aire se escapara. La bicicleta quedó postrada sobre dos gomas fofas, aplastadas.

A la mañana siguiente Isaac le contó lo ocurrido. Se quejó de la carencia de una puerta en el jardín. Aseguró que hablaría con el dueño, que le haría saber su responsabilidad. Parecía muy enojado. Beniko le ofreció su bicicleta, se prestó incluso a pagarle las ruedas. Isaac lo rechazó de malos modos, como un favor absurdo, y la miró con extrañeza. A partir de esa mañana Isaac dejó de esconderse cuando llegaba a casa con mujeres. Es más, parecía que se entregara a una manifestación desinhibida de sus relaciones. No evitaba que Beniko lo oyera hablar por teléfono, que asistiera al comentario de detalles íntimos de noches de placer. A veces, incluso, olvidaba encender la música que ahogaba los ruidos y Beniko tenía que cubrirse la cabeza con la almohada o hacer llamadas interminables, iniciadas con pretextos falsos, que mantenía hasta que sentía que Isaac y la chica terminaban y la puerta se abría entre risas que se le antojaban salaces, de una procacidad a ella destinada. Beniko empezó a andar siempre nerviosa, desconcentrada.

Un fin de semana decidió salir de fiesta. Quería embriagarse y abandonarse a una relación ocasional, nocturna y fugaz. Bebió cervezas, licores, vodka. Bailó desaforadamente por la pista. Sintió que la miraban, que el sudor le adhería cabellos a la frente y comenzó a experimentar un cierto alivio. Ya cerca de las dos de la madrugada un hombre se le aproximó, quiso bailar con ella, abrazarla por la cintura, pero Beniko se escurrió, agarró su chaqueta y salió del local, satisfecha. Respiró hondo el aire nocturno y tuvo que apoyarse en una pared. Poco a poco, a medida que iba caminando hacia su casa, el mareo fue disipándose. Salió de la zona de bares y entró en su vecindario en penumbra, frondoso. A lo largo de las aceras, las sombras se hacían tramos de negritud, ciegos al paso. Tropezaba en los escalones levantados por las raíces y corregidos con cemento. En un trecho especialmente oscuro se detuvo sorprendida por una claridad distinta. Un macizo de flores blancas crecía junto a la acera. Beniko fue a olerlas, pero de cerca descubrió que apestaban. Además, muchos de los pétalos que desde lejos parecían impolutos estaban marchitos, arrugados. Beniko se apartó con repugnancia, se llevó la mano a la boca, maldijo la noche. Apresuró el paso para llegar cuanto antes. Abrió la puerta con dificultad. La casa estaba en perfecto silencio. Avanzó por el pasillo y se detuvo frente a la puerta de Isaac. No pensaba, no temía. Se dio unos segundos, asió el picaporte con decisión e irrumpió en la habitación. Isaac se removió en la cama y encendió la luz, asustado. Permaneció unos instantes mirándola de hito en hito, estupefacto:

—¿Qué haces aquí? ¡Estás loca! ¿Por qué estás desnuda? —vociferó.

Beniko rio, se miró la blusa desabotonada, los pechos blancos expuestos.

—¡Vete de mi habitación! ¡Vete ahora mismo! —volvió a gritar Isaac.

Beniko salió remisamente, arrastrando la puerta con el pie hasta entornarla y se metió en su habitación. Al mismo tiempo que caía boca abajo sobre la cama oyó cómo Isaac cerraba la puerta con violencia.

No hubo reproches, ni disculpas. No hubo, ni siquiera, vergüenza. Beniko volvió a llevar la vida de antes y las pocas veces que se topaba con Isaac cruzaban un saludo inarticulado. Las semanas pasaban y se aproximaban las vacaciones. Beniko comenzó a hacer los preparativos. Una amiga la llevó en su coche a unos grandes almacenes. Allí compró una maleta de ruedas, grande y moderna, de vivo color rojo. La sacó del maletero con ligereza, sin mucho esfuerzo, pero no estuvo segura de poder izarla cuando estuviera llena. La hizo rodar por el caminito de piedra que conducía a la puerta principal. En la sala, Isaac veía la televisión, cómodamente tumbado en un sillón reclinable. Tenía una expresión adormilada, levemente hastiada. No obstante, la saludó jovialmente y Beniko creyó llegada la ocasión de reanudar la comunicación. Le mostró la maleta, entusiasmada:

—Es bonita, ¿verdad? ¡Y enorme!

Isaac asintió, proclive a cooperar. Se incorporó y dijo que le parecía una maleta magnífica y muy grande, casi mayor que ella misma. Beniko se rio de la ocurrencia y se quedó mirando la maleta, azorada.

—¿Crees que cabrías dentro? —bromeó él.

—No sé, supongo —respondió ella con buen humor.

Parecía que al fin estaban restaurando una amistad truncada. Isaac se mostraba contento, casi eufórico. Se levantó y se acercó a Beniko. Puso su mano sobre el lomo de la maleta, cerca de la mano de Beniko, y acarició la tela, con una sonrisa complacida.

—¿Jugamos? —le dijo.

Beniko, confusa, hizo un gesto tímido con la cabeza.

—¿Quieres probar si entras en la maleta? Será divertido —dijo él.

El corazón de Beniko se aceleró. Podía sentir el calor próximo del cuerpo de Isaac, incitándola.

—De acuerdo —respondió Beniko sin pensar.

Isaac bajó la cremallera principal y abrió la tapa. Los dos sonreían, excitados. Beniko se agachó y se acurrucó en el interior de la maleta, con las rodillas plegadas. Él la miró y comenzó a subir la cremallera, muy despacio, siguiendo con los ojos el punto por donde se iba cerrando.

—¿Ves? ¡Cabes! —celebró.

Beniko no veía más que una rendija de luz cerca de su frente, hasta que desapareció.

—¿Estás bien ahí dentro?

—Sí —respondió ella.

Isaac extrajo el tirador y la inclinó ligeramente de modo que la maleta pudiera rodar. Beniko guardaba silencio. Sintió cómo su peso caía sobre las barras duras, contra su costado. Isaac comenzó a arrastrar la maleta por la sala, lentamente, describiendo círculos. A veces se detenía, dejaba la maleta de pie e introducía un dedo por la ranura abierta para tocar el cabello de Beniko. La llevó por el pasillo, con mucho cuidado al doblar la esquina, y se detuvo.

—Voy a entrar en el baño. No tardaré —le susurró por el resquicio.

Beniko oyó cómo se cerraba la puerta. En medio del pasillo apenas había luz que se colara por la ranura de la cremallera. No oía nada tampoco. Sentía la humedad de su aliento rebotando contra la tela.

—¿Isaac? —gritó.

No hubo respuesta. Sacó unos dedos por el hueco e intentó bajar la cremallera pero el ángulo se lo impedía.

—¡Isaac! —volvió a llamar.

Acercó la boca a la ranura en busca de aire, ansiosa, palpitante, y chilló:

—¡¡Isaac! ¡Sácame de aquí de una maldita vez!

Escuchó abrirse la puerta del baño, unos pasos, y se abrió la cremallera. Beniko se revolvió, forcejeó con los brazos, cayó al suelo llorando, insultándolo. Abrió la puerta del jardín y salió a respirar. La rabia le hacía temblar los labios. Levantó la vista hacia las palmeras altísimas, cuyas hojas se torcían dóciles al viento. Permaneció de espaldas a la casa, obstinada. Hasta que no empezó a atardecer no retornó al interior. La casa parecía vacía, en silencio; la maleta seguía abierta, cruzada en el pasillo, junto al baño, como una boca muerta. Beniko la cerró y la acomodó en su armario, bajo las ropas colgadas.

Pasó el tiempo.

Una mañana, recién salida de la ducha, Beniko se peinaba el cabello. Una luz muy viva traspasaba la claraboya de cristales deformes en lo alto de la ducha. A través del espejo podía ver el resol sobre la pared blanca del pasillo, al otro lado de la puerta abierta. El semestre tocaba a su fin.

En pocos días tomaría un avión. Hacía semanas que no intercambiaba una palabra con Isaac. Apenas lo oía tampoco. Casi había perdido el hábito de la convivencia. Sus rutinas habían cobrado el albedrío de la soledad, inmunes a las sorpresas. Por eso se asustó cuando vio su sombra pasar rauda en el espejo y le oyó saludarla, breve, frívolamente, y, tan solo un instante después, le escuchó decir:

—¡Beniko, me mudo! ¡Tendrás que buscarte a otro compañero para el próximo año!

Beniko quedó callada, contemplando su cabello húmedo en el espejo, el peine enarbolado. Isaac pasó de nuevo a sus espaldas y se despidió: «¡Chao!». La puerta principal se cerró allá en la sala. Beniko permaneció estática, el semblante hierático. Pasó la palma de su mano por la cabeza, aplastando el cabello húmedo, hasta que unas gotas escurridas cayeron sobre sus hombros y le causaron una desapacible sensación. Dejó el peine sobre la encimera y salió del baño.

Reinaba el silencio. Entró en su habitación. La brisa aún tibia que penetraba por la ventana abierta transportaba un vago hedor. Las flores blancas se balanceaban entre reflejos luminosos. Beniko cerró la ventana y se acercó a la cómoda para seguir peinándose, pero no podía dejar de sentir el tufo. Inspiró y resopló con fuerza, tratando de eliminarlo, aunque sin conseguirlo. Con las dos manos se retiró todo el cabello hacia atrás, con fuerza, hasta sentir la tensión en la piel. Vio su rostro en un escorzo feo, repulsivo. Se dio la vuelta hacia la cama, junto al armario. Lo abrió, apartó las ropas y sacó la maleta. Se sentó en la cama junto a ella. Una

gota cayó de su cabeza al dorso de la mano. Bajó la cremallera y abrió la tapa. Colocó la maleta de frente a la puerta,
de espaldas a la ventana, y se sentó en el suelo. Se introdujo
con facilidad. Una vez dentro, entre el pulgar y el índice fue
cerrando la cremallera hasta que dejó sobre su cabeza una
brecha de un palmo de longitud. La luz del sol que provenía
del pasillo le permitía ver las costuras internas. Por fin, dejó
de percibir la fetidez de las flores.

Todo pasa y todo queda

En un día de viento, que hacía ondear la bandera italiana, Alicia se precipitó al vacío. Cayó de cabeza, desde una altura de cinco pisos, así que murió en el acto. A aquella hora del atardecer, solo el portero escuchó el golpe. Cuando este llegó al cuerpo, no se impresionó. Krzysztof era anciano y había visto mayores horrores durante la invasión. Además, al poco de acercársele, la bandera, que él mismo había instalado, cayó blandamente sobre el cadáver y lo dejó cubierto como una mortaja, ocultando el cráneo destrozado, pero no la sangre que se deslizaba hasta el montón de nieve acumulado en un rincón. Reinaba un gran silencio y Krzysztof lo aprovechó para rezar una oración. Después, sin tocar nada, entró en su casa y llamó a la policía.

Tardaron pocos minutos en llegar. Krzysztof los esperaba en el vano de la puerta abierta del muro, una pared que separaba la fachada de la casa de la calle Bankowa, y que dejaba un patio delantero sobre cuyo suelo yacía el cadáver. El muro era de la misma altura que la muralla, al otro lado de la calle, y tras la muralla corría, paralelo al Vístula, el bulevar Filadelfijski. Los policías eran una pareja de hombres jóvenes, que primero le dieron la mano y después se acercaron al cuerpo. Se acuclillaron junto a él y uno de ellos retiró con delicadeza una esquina de la bandera. Después miraron hacia arriba, donde la ventana de Alicia seguía abierta. Mientras uno aguardaba junto al cuerpo, el otro ascendió por las escaleras. La puerta de Alicia estaba cerrada, pero no tenía autorización para forzarla, así que se asomó a la ventana del rellano y atisbó hacia la izquierda. Desde abajo, Krzysztof y su compañero lo miraban hacer. En la calle apareció otro vehículo patrulla con otra pareja de policías y el inspector. La calle estaba desierta y comenzaban a encenderse las farolas. Entraron los tres en el patio y el inspector retiró la bandera. Miró hacia arriba y penetró en el edificio. Abajo quedaron el portero y el resto de policías. Empezó a soplar el viento y la bandera se deslizó hacia las piernas del cadáver. Krzysztof la retuvo y volvió a cubrirlo. Uno de los policías aprobó con un gesto solemne de su mentón aquella muestra de respeto. Arriba, el policía y el inspector forzaron la cerradura y entraron en el apartamento de Alicia.

A la izquierda de la antesala se abría una cocina americana y, junto a ella, la puerta del baño. Atravesando una puerta se daba a una habitación irregular, amplia, y destinada a servir de salón, dormitorio y estudio de trabajo. Había maletas apiladas en un rincón, estanterías de libros y un escritorio pequeño e historiado con un ordenador portátil sobre él. De las paredes colgaban reproducciones de cuadros renacentistas. En el centro de la habitación, sobre un tapete que protegía el parqué, había una viola apoyada en su soporte y un pequeño taburete. Había dos ventanas en la habitación. Ambas miraban al Vístula, cuya corriente oscurecida se había erizado por el viento. Una de ellas estaba abierta. El policía y el inspector se asomaron. El mástil que había sostenido la bandera estaba desnudo.

Alicia había llegado a la ciudad hacía cuatro años. Había solicitado formar parte de un plan del Ministerio de Educación italiano que enviaba profesores al extranjero y allí los mantenía hasta un período de seis años impartiendo su lengua, participando en actividades de difusión cultural en colaboración con la embajada y recibiendo a cambio un pingüe salario mensual. No obstante, más que por el dinero, Alicia huyó de Sicilia por la opresión de los horarios y la sequía intelectual de la escuela secundaria en la que llevaba trabajando más de quince años. Cuando la llamaron del Ministerio para convocarla a una entrevista informativa, Alicia quedó perpleja. Tampoco esperaba que la aceptaran y por ello no se había preparado para el trago de decírselo a su madre, anciana ya. Dudó y estuvo a punto de renunciar, pero su madre, en un acceso de lúcida abnegación, le dijo: «Ve, aprovecha esta oportunidad». Aliviada de culpa, asumió el puesto y tuvo su primera conversación telefónica con el jefe del departamento de la universidad en el que iba a integrarse. Cezary era un hombre alegre y simpático, que hablaba un italiano entreverado de español y francés. Le dijo que todos la esperaban con ansiedad, expectantes de recibir a una nativa tan cualificada.

Así que Alicia se despidió de sus amigos, de su madre, cargó dos maletas y tomó un vuelo a Varsovia. Era finales de septiembre, y, mientras el avión descendía se veía la ciudad, verde y croma, verde y amarilla, verde y ocre, pero también muy gris. De entre las masas de vegetación emergían edificios como muelas de hormigón. En la estación central tomó un tren que la llevó durante dos horas hacia el norte. Por la ventana se veían campiñas ondulantes y pueblitos impecables, compuestos muchos por un puñado de casas. Al llegar a la pequeña ciudad, recibió una llamada. Cezary se disculpaba por no poder acudir a recibirla y le recomendaba una compañía de taxis. Sin problemas, llegó al hotel que le habían designado. Era un edificio moderno en el límite del casco histórico. Tras instalarse, salió a dar un paseo. Comprobó que era lo que ella buscaba: una ciudad medieval acogollada, en cuyos recovecos refugiarse y dedicarse a la lectura, la meditación y la música antigua. En una semana tras su llegada, arribaría por carretera su viola. Ya había contactado con una maestra de música en la capital. En conjunto, su vida se presentaba tal como la había soñado.

Pero Alicia se enamoró.

Ocurrió sin darse cuenta, en la universidad. Karl era un joven profesor casado y con un niño. Se presentaba como un amor desgraciado, pero fue incapaz de sustraerse a la fuerza del sentimiento. No era guapo ni especialmente atractivo, pero tenía dulzura natural, notable inteligencia y una madurez emocional cuya falta en los hombres de su edad tanto sufrimiento le había causado. Trabajaban en despachos contiguos y él hablaba un italiano perfecto, quizá demasiado académico. Además, había mostrado interés por las estampas de arte renacentista con que ella quiso alegrar las paredes desnudas de su nuevo despacho.

Alicia empezó a comportarse como una adolescente, haciéndose la encontradiza o experimentando un nerviosismo feliz cuando sabía que habían de encontrarse en una reunión.

Esta situación duró más o menos así los primeros meses desde su llegada. En este tiempo, el otoño avanzó veloz. La luz menguaba y los días se acortaban hasta un anochecer que no había conocido en su tierra meridional. Recién terminadas las clases, se extendía una noche prematura que Alicia ocupaba leyendo o ensayando con la viola. A mediados de noviembre empezó a nevar y la ciudad se sumió en un silencio de cristal. Especialmente en la zona donde ella vivía, cerca del río. A su apartamento, que miraba hacia la corriente ancha y oscura del Vístula, no llegaba el estridor metálico de los tranvías que tomaban las curvas bajo la ventisca. Entonces pensaba en él y en el calor de su vida familiar y en lo dichosa que debía de sentirse su esposa. La envidiaba e incluso llegaba a llorar de rabia, por no poseerlo y por haberlo encontrado demasiado tarde.

La ciudad, y en especial su centro, era pequeña. Alicia sabía que él no vivía lejos, porque alguna vez habían coincidido en el tranvía de vuelta. Así, pese al frío y al hielo, en los días de mayor angustia, se echaba a la calle y caminaba en busca de un azar dichoso que los hiciera encontrarse. Atisbaba por los túneles de los portales, levantaba la vista hacia las ventanas encendidas y, tras mucho caminar, ya aterida, acababa refugiándose en una cafetería cercana a Rynek Staromiejski, en pleno centro. Allí se sentaba a una mesa junto a la ventana y pedía un té aromático. No regresaba a su casa hasta que recobraba el calor y dejaba de angustiarla la esperanza. Solo entonces podía cobijarse en la música, donde encontraba la paz. Mientras se encorvaba sobre la viola le parecía que su vida allí, aun cuando no pudiera ser junto a Karl, poseía una plenitud que se prometía no desperdiciar en adelante.

Pero un sábado sucedió algo importante. La noche anterior había estado nevando con una persistencia que parecía querer enterrar la ciudad. Al amanecer salió el sol y todo comenzó a brillar. Alicia, maravillada, decidió dar un paseo junto al río. Las riberas blancas parecían dos labios inflamados. Anduvo por el malecón durante unos cien metros, pero el viento frío, pese al sol en el cielo límpido, la obligó a regresar a la ciudad por una de las puertas de la muralla. De camino hacia la Catedral, se detuvo ante un comercio de maderas rojas y cristales tintados. Era un local asiático de masajes, pero su apariencia no inducía a engaño. En un momento dado se abrió la puerta y salió un hombre. Mientras la puerta se cerraba frente a ella, Alicia entrevió el interior: un sofá negro y una pantalla esférica de color rojo que iluminaba la estancia. Sentado en el sofá estaba Karl. Justo antes de que se cerrara, Karl se volvió y vio la cara de Alicia que lo miraba.

Se apresuró calle arriba hacia el bullicio del mercado. La nieve le dificultaba el avance. En cuanto hubo doblado la esquina, se detuvo. La estatua dorada de un burrito era asediada por un grupo de niños, que se peleaban por montarse encima. Esperando, entre los padres divertidos, Alicia reconoció a Joanna, la esposa de Karl. Entonces a Alicia se le insinuó una sonrisa en el rostro. «Tu marido allí abajo, fornicando con chinas, y tú tan feliz aquí, paseando al niño». Con cierta dificultad atravesó el murete de nieve que acumulaban los limpiadores en las aceras y se dirigió hacia la multitud. Cuando llegó, el hijo de Karl había logrado auparse sobre los demás y miraba triunfante a su madre. Alicia rodeó el burrito sonriendo y se acercó a Joanna, de pie y con los brazos cruzados. Cuando estuvo junto a ella, vaciló: era una mujer alta, esbelta, de una fría belleza. Alicia se veía junto a ella en una proporción desfavorecedora: ensanchada por la edad y cubierta por mucha más ropa que ella, que parecía no necesitar más que un ajustado abrigo de paño gris. Esto pensaba cuando Joanna la reconoció y le habló en inglés: «¡Alicia! Usted es la colega de mi esposo, ¿verdad?» Alicia tuvo que asentir. Conversaron unos minutos y por la joven esposa supo que Karl se hallaba de viaje aquella mañana, impartiendo unos cursos sabatinos en una institución privada de Bydgoszcz. Alicia dijo: «Karl es un gran trabajador, debe de estar usted muy orgullosa». Joanna se limitó a cabecear afirmativamente y se alejó unos metros, reclamada por su hijo, que se deslizaba por el lomo del burrito de cobre. Alicia aprovechó para dirigir la vista calle abajo, hacia el local junto a la puerta de la muralla, en cuyo interior imaginaba a Karl desnudo y sudoroso sobre una asiática frágil y complaciente. Joanna regresó con el niño y se lo presentó. El niño le tendió educadamente una mano enguantada. Alicia comenzó a sentirse muy mal. Una náusea le subía por el esófago y le traía un sabor amargo a la boca, un sabor a soledad, celos, compasión y vergüenza. Se despidió abruptamente con el pretexto de que llegaba tarde a una cita. Joanna se quedó allí de pie, junto a su hijo, dos estatuas perfectas en el frío.

El fin de semana lo pasó en un mar de incertidumbres. Se debatía entre las ganas de revelar a Joanna el secreto de su marido y acabar así con una felicidad que la reconcomía de despecho, o callar y atender a los dictados de su conciencia. La felicidad conyugal, la alegría de un niño... No tenía derecho a turbarlas. Además, la infidelidad de Karl significaba una decepción. Alicia no quería conseguir a un hombre que podría engañarla, aún más fácilmente que a Joanna. Con una mujer tan hermosa, ¿qué buscaba Karl en la sordidez de un prostíbulo? Cierto que en la intimidad de la pareja se libraban luchas inconfesables. Quién sabía qué frialdades e inhibiciones de Joanna abocaron a Karl al comercio de la carne.

El domingo por la noche las dudas la asediaban dolorosamente, así que decidió salir a la calle y pasear junto al río. Al poco se arrepintió. El frío era demasiado intenso. Soplaba un aire gélido que endurecía los carámbanos de las cornisas y levantaba pequeñas sierras afiladas en el suelo nevado. Aun así, necesitaba despejarse y se obligó a dar una vuelta. Subió hasta la calle Świętego Jana, dobló a la derecha y descendió por Łazienna hasta llegar al bulevar. Allí, el frío, como supuso, era difícil de soportar, así que apretó el paso porque la entrada a su calle estaba muy cerca. En la acera limpia, sus pisadas resonaban contra el eco de la muralla y se iban a perder en la corriente negra del río. Caminaba con la cabeza gacha, bajo la capucha de su abrigo, de manera que solo veía los espacios de luz y sombra entre las farolas. Hasta que una silueta se le interpuso. Levantó la mirada y se encontró con Joanna.

Iba vestida como la mañana anterior, cuando la había encontrado junto a su hijo, pero su aspecto era distinto. El cabello le caía despeinado, el abrigo estaba abierto y dejaba ver las faldas de una blusa fuera del pantalón. Exhalaba agitadamente el vaho de la humedad.

—Ciao —alcanzó a musitar Alicia

—Alicia —dijo Joanna, y tras cinco segundos para reunir valor, continuó:

—Karl nos ha abandonado.

Alicia se quedó muda.

—¿Sabes algo? —preguntó Joanna.

—¿Yo? No, nada.

—Karl te mencionaba en su carta de despedida. Dijo que tú me explicarías —dijo Joanna.

Alicia comenzó a temblar, por el frío, por el miedo.

—Vamos dentro —le dijo a Joanna, y juntas se refugiaron en el interior de los muros.

Alicia cobró ánimo y dijo:

—Joanna, lo siento, pero yo no sé nada.

En la oscuridad, no pudo estar segura de si Joanna la miraba. Ya estaba a punto de decir algo más, cuando Joanna volvió a hablar, con un matiz de suspicacia:

—Ahora hace frío, pero mañana me pasaré por tu casa para que me cuentes con más tranquilidad, antes de que anochezca.

Alicia asintió y señaló el portal en el muro. Joanna se volvió, reconoció el lugar con un asentimiento de cabeza y se marchó sin decir adiós. Alicia no se quedó a verla marchar. Se apresuró al portal, subió rápido las escaleras y entró en el calor del apartamento. Tenía los pies tan fríos, que antes de encender ninguna luz se fue derecha al baño. Allí se descalzó y dejó que el agua humeante les devolviera poco a poco la sensibilidad. Sentada así, sobre el borde de la bañera, pensó en la visita del día siguiente. Se dijo que no tenía nada de que avergonzarse ni nada que ocultar.

Apenas pudo dormir. Se mantuvo en una duermevela fatigosa, cruzada por imágenes en que Joanna reaparecía desaliñada y extraviada y Karl rodeado por el rojo erótico del burdel asiático. El día amaneció despejado y ventoso. Tomó el tranvía y se presentó en la universidad una hora antes de que comenzara su primera clase. Reinaba un ambiente tenso. La secretaria salió del despacho de Cezary con un rostro de circunstancias. Un par de veces escuchó el nombre de Karl en conversaciones que no entendía. Pese a ello, se dirigió a su despacho, revisó su correo y preparó sus papeles para las clases. Hizo lo posible por centrarse en el trabajo y anduvo por los pasillos con una seguridad fingida, porque en el fondo estaba comprimiendo el pánico. El estómago se le enredó como una bola de miedo. Comenzó a lamentarse de haberle indicado a Joanna el lugar donde vivía, pero aún podía remediarse. Recordó que únicamente le había indicado el portal, no el piso ni el apartamento.

Salió rápido de la universidad y tomó el primer tranvía que pasó. En cuanto llegó a casa se sintió acorralada. Eran las tres de la tarde y apenas faltaba una hora para que terminara el día. Trató de tranquilizarse. No había forma de que Joanna descubriera dónde vivía. Y entonces cayó en la cuenta de que la bandera italiana ondeaba con fuerza en su mástil. Abrió la ventana y agarró la tela. Tiró de ella, pero no cedía. Krzysztof la había amarrado a conciencia. Logró soltar el extremo inferior, pero quedó colgando del otro, como un pañuelo enorme que, a los soplos del viendo, se hinchaba y mostraba los tres colores. Entonces se acordó de su madre y de cómo la había animado a emigrar a aquella tierra tan fría. En los pocos segundos que el recuerdo dilató, tuvo tiempo de arrepentirse, y experimentó una nostalgia aguda del sol, del olor de su madre y del brillo índigo del Mediterráneo. Por un instante, el viento empujó la tela hacia la ventana abierta y Alicia se abalanzó sobre ella, pero una nueva ráfaga la retiró antes de que la atrapara y se quedó con las manos en el aire.

Apenas vio ni sintió nada.

Cuando Joanna llegó a la calle, una patrulla de la policía aparcaba frente al portal abierto. Se detuvo un instante en la otra acera y reanudó la marcha. Karl había regresado aquella mañana.

Entre las olas, un rumor

Alfredo se despertó en mitad de la noche entre sudores y convulsiones. Angie dormía plácidamente a su lado, insensible a sus pesadillas. Solo se sintió más tranquilo cuando oyó el croar rítmico de las ranas afuera, y más allá, el rumor de las olas que crecían y se estrellaban contra la playa. «En el desierto no hay olas», se dijo. «Estoy a salvo, lejos de Afganistán». Y respiró hondo. Se levantó con cautela y salió a la playa.

Despierto y muy lúcido, al pie del océano que lo había visto crecer, su memoria sobrenadó los horrores de la guerra, la dureza de su juventud como emigrante y desembocó en su infancia simple y feliz. Nacido y criado en Las Terrenas, en una choza bajo las palmeras, no pudo imaginar un mar plano hasta que, con cinco años, su padre lo llevó al Caribe. Fue un viaje de tres horas hasta la capital, y allí estaba: una lámina brillante y perfectamente azul. No volvió a verlo hasta diez años más tarde. Este fue un viaje muy distinto. Triste y silencioso. Su padre y él no hablaron durante el trayecto. Llegaron temprano al aeropuerto. Los porteadores bostezaban en la terminal de salidas.

—No te lamentes, no llores —le dijo su padre.

—No, papá.

—Aquí no hay nada para ti. Eres afortunado.

—Sí.

—Ah, y dale un abrazo a mi hermano, de mi parte.

El vuelo transcurrió como si hubiera ingresado en un tubo estático. Al llegar a Newark, anestesiado por una creciente impresión de irrealidad, pasó sin problemas el control fronterizo. A la salida, lo esperaba su tío. Se reconocieron al instante. Se subieron a un taxi amarillo y tardaron una media hora en llegar al barrio. Allí, las presentaciones, su nuevo dormitorio, el fragor incesante de la ciudad despierta y el olor nuevo de cuanto lo rodeaba permanecieron durante lustros como el recuerdo del arranque de su nueva vida.

Antes de alistarse en el ejército, lo pasó difícil. El primer año fue una fracasada adaptación a la escuela. Había con él chicos de todos los orígenes y, lejos de agradarle no destacar, le desazonaba tal variedad de lenguas, pieles y costumbres. Se unió a un grupo de latinos que alivió un poco su soledad, pero acabó abandonando los estudios. Su tío no puso la menor objeción porque hacía tiempo que se había desentendido de él. En el grupo eran cuatro. Tres dominicanos y un colombiano. Iniciaron sus correrías entre las avenidas 34 y 35. A veces, si tenían dinero, se llegaban hasta Manhattan. Raúl fue el primero en caer. En una pelea esquivó el filo de un cuchillo, resbaló y se desnucó contra la acera. Nathaniel, muy jactancioso, quiso mostrar su valor: intentó atracar una licorería con una capucha, pero el dueño sacó un bate y lo derribó. Alfredo y Sebastián huyeron antes de que llegara la policía. Quedaron solos errando por el barrio.

Una mañana Alfredo llegó a casa tras haber pasado la noche bebiendo un vodka barato que vendían unos polacos cerca del cementerio San Michael. Halló una gran conmoción. Su tío se había marchado con una chicana y había abandonado a la familia. Alfredo trató de escurrirse para dormir la borrachera, pero su tía irrumpió en su habitación y pagó con él su despecho: «¡Ingrato, perdido, haragán!». En una hora, inútiles todas sus súplicas y debilitado por el dolor de cabeza, acabó en la calle, cargado con una pequeña bolsa de pertenencias. Pasó unas semanas a la intemperie, durmiendo en los callejones. Al principio, pedía para comer. Después, se sumó a las colas de un albergue que cada noche ofrecía ducha, cena caliente y una cama. Una mañana temprano, dos jóvenes de uniforme se presentaron allí. Alfredo se estaba atando los zapatos cuando oyó que el encargado pedía silencio para aquellos dos caballeros. Serios y lacónicos, les explicaron que el ejército era una familia que sabía sacar lo mejor de cada hombre: disciplina, honor, compañerismo. Su aspecto, su impoluta apostura, lo fascinaron. Dos semanas después, tras pasar exitosamente las pruebas médicas, estaba alistado. Y tras unos meses de entrenamiento en el desierto de Arizona, le informaron de que estaba entre los escogidos para incorporarse a la misión contra el eje del mal.

Ahora, mientras recordaba su pasado, sentía entre los dedos de los pies la suavidad de la arena tibia y la caricia de las olitas del Océano. Miró hacia atrás, a las ventanas tras las cuales reposaba Angie, y aún más allá, hacia los troncos cimbreantes del palmeral donde descansaba su padre. A su madre le debía la vida y a su padre la supervivencia.

Fue un viernes santo. Al pueblo, procedentes de distintas ciudades de la Costa Este, regresaban familias de emigrantes cuyos hijos se habían criado allá. En la mirada de estos chicos, pese a la misma piel, se pintaba un tiguerage foráneo, que a los locales amilanaba. Los dos grupos se retaron a cruzar a nado la Punta Bonita. El día anterior el mar había recibido una lluvia ventosa y torrencial, que lo había dejado sucio y bravo. Salieron temprano del pueblo y anduvieron todo el arco de la playa. Llegados al extremo, se desnudaron y se echaron al mar. Al principio, nadaban con descaro, sin mirarse, pero, a medida que se adentraban y el oleaje crecía, alguno se detuvo tosiendo y acabó regresando. El cielo seguía oscuro y el viento soplaba con fuerza. Varios más también abandonaron. Quedaron solo tres, Alfredo entre ellos. Se miraron con preocupación. El brillo del desafío se había extinguido. Continuaron braceando por inercia, con orgullo y con miedo. La Punta se hallaba más cerca. Aparecía y desaparecía sobre las olas. Uno más desistió. Alfredo y el otro se miraron. Se dio cuenta de que lo tenía hecho. Reunió energías y se lanzó hacia delante. Supo que estaba solo, cerca del triunfo. Y de pronto sintió que entre su cabeza y su cuerpo había un desacuerdo. Las brazadas que él quería largas, resultaban cortas. Las zancadas que pretendía poderosas, no pasaban de un meneo asimétrico de las piernas. Se detuvo, exhausto. Las olas lo zarandeaban, se hundía. Se volteó con esfuerzo y se dejó mecer como un cristo de madera. Iba a morir. El cielo, alfombrado de nubes, parecía al alcance de la mano. Y entonces oyó un zumbido, que rápidamente se transformó en un rumor intermitente, entre ola y ola. Después, una voz conocida, que lo llamaba. Vislumbró la proa de un bote. Su padre estiraba con angustia la cabeza pelada. Cuando llegó hasta él, se sintió alzado, su cuerpo entumecido. Estuvo dos días en cama, otros dos caminando despacio y en una semana todo pasó.

Fue su primer contacto con el peligro. Después, ¡tantas muertes, tanta sangre! La guerra le había expuesto a una panoplia de horrores que solo las vidas completas de varias decenas de hombres podrían experimentar en tiempo de paz. Cuando le anunciaron que lo licenciaban, se hallaba jugando una partida de dominó bajo una lona verde. Juan Miguel, un puertorriqueño corpulento, le dio un abrazo. «Amigos ahora y siempre», se prometieron.

—Irás a ver a tu padre —dijo Juan Miguel.

—Sí, debo ir.

—No lo dejes.

—Te lo prometo —dijo con honda sinceridad.

—Toma, de recuerdo —dijo Juan Miguel, y se sacó del cuello una cruz de plata.

Al recordar aquella última conversación, Alfredo se arrepintió de no haber sido más efusivo, más cariñoso. Juan Miguel murió dos semanas después de que Alfredo regresara a casa. Una mina reventó los blindajes bajo su asiento. Qué profundo dolor. Lo había guiado durante sus primeras semanas. Le había enseñado cómo aplacar el temblor del arma ante la inminencia del combate. Le había dado conversación en los silencios de espera, cuando las bombas restallaban sordas en el frente. Y lo cuidó con generosidad cuando Alfredo regresó herido de la misión.

Se había presentado voluntario porque estaba harto de la llanura polvorienta. En la sala de reuniones proyectaron fotografías de montañas nevadas, ríos caudalosos y vegas verdes. Volaron de noche a Kabul, dormitando contra el fuselaje ruidoso del avión. Tras unas horas de descanso, les repitieron las instrucciones y se subieron a unos helicópteros de gran tamaño. Por las ventanas, el terreno se plegaba y ascendía como si quisiera tocarlos. Entraron en una suerte de letargo. Tras una cresta elevada, se abrió un valle ancho poco profundo. Un río de azul intenso corría entre dos franjas de verdor. Cuando descendieron, aún abotargado, admiró la majestuosidad del lugar. Se instalaron en el campamento, cenaron y recibieron las últimas indicaciones. Los helicópteros que los habían traído se levantaron en lenta procesión y sus luces se extinguieron en la noche. Alfredo sintió miedo. No pudo dormir. Nadie pudo. Antes del amanecer, se subieron a los helicópteros de combate, que los esperaban con el rotor en marcha. Ascendieron uno tras otro. Alfredo estaba en el primero. Remontaron el valle hacia las montañas de piedra joven. Tras dos horas, empezaron a descender sobre una llanada en forma de terraza. Los tiradores, enigmáticos tras sus gafas oscuras, dirigían sus armas hacia la ladera opuesta. La tensión era extrema. En cuanto los remos tocaron el suelo, saltaron y echaron a correr, hasta las posiciones que ya sabían de memoria. Acostados o con la rodilla hincada en la tierra, dirigieron sus fusiles a las bocas oscuras que se abrían en la ladera. Todo estaba en perfecto silencio, sin el mejor signo de vida. Por eso no se enteró de dónde llegó el proyectil que lo levantó del suelo y lo hizo volar varios metros, por encima de la roca tras la que se había parapetado. «Tan rápido, qué absurdo», alcanzó a pensar antes de la segunda explosión. Y perdió la conciencia. Despertó bajo un techo blanco. Sentía una rigidez fría en la pierna derecha. Cuando regresó a Irak, recosido y enderezado por los clavos, Juan Miguel esperó todavía una semana para darle la noticia:

—Amigo, lo siento. Tengo algo que decirte.

—¿Qué ha pasado?

—Tu padre.

Juan Miguel respetó su silencio.

—¿Cómo ha sido?

—En el mar. Se hundió su bote.

Y Alfredo se dejó abrazar.

Se había levantado un oleaje suave. La noche estaba más clara. Volvió a mirar hacia atrás, al bungalow dormido frente a la pared de palmeras y detrás, la tumba escondida. La noche clareaba. Se le habían agolpado los recuerdos. Se despojó de los pantalones y se adentró en el agua. Estaba tibia como una caricia. Se zambulló de cabeza contra el pecho de la primera ola que se le venía encima. Comenzó a nadar con regularidad. La sal le ardía en los ojos abiertos. Cobró buen ritmo. Intentó llorar, pero el mar se lo tragaba todo, el llanto y los gemidos. Se fue calmando hasta que la melancolía se propagó por su cuerpo como un sedante. Al cabo de media hora se detuvo para comprobar cuán cerca se hallaba. Se volteó y tendió boca arriba, como un cristo de madera. Nada turbaba el silencio. Ni siquiera el rumor de un motor. Por un instante pensó que sería muy fácil abandonarse. «Tanto hierro en el cuerpo me llevará al fondo. Y se acabó». Sin embargo, se enderezó y volvió a nadar hasta que hizo pie. El sol despuntó cuando se puso de pie en Punta Bonita. Miró alrededor y se dijo que la hermosura de la naturaleza podía redimir cualquier dolor. Emprendió el camino de vuelta, por el arco de arena, hasta el bungalow. Abrió la puerta con cuidado y volvió a acostarse junto a Angie. En poco tiempo volvió a dormirse.

Mejor no verlos

Antonia debía callar. El señor se lo había dejado bien claro. Intentó que pareciera una orden, pero en sus ojos verdes se reflejaba el miedo. Por eso ella no se molestó. De habérselo ordenado se habría irritado, porque llevaba mal la sumisión. Pero se trataba de miedo.

Con todo, Begoña merecía algo de atención. La veía deambular sola por los senderos de hormigón, allá afuera, con cuidado de no pisar la grama, cada mañana, y algunos atardeceres. Antonia la vio por primera vez dos semanas después del accidente. Vestía la misma ropa que el día que la conoció. Unos pantalones anchos y gaseosos, el cabello corto como un muchacho y muchas pulseras tintineando en las muñecas.

Antonia había trabajado antes para extranjeros excéntricos, pero Begoña fue diferente. Tenía una dulzura imposible de fingir. Llevaba varios meses trabajando para el señor cuando Begoña apareció. Se instaló en unas horas, con toda naturalidad, en el dormitorio verde. Nadie le explicó nada. Tampoco tenían por qué darle razones al servicio. Sin embargo, para Antonia fue un acontecimiento, como si hubiera brotado una mata ya crecida en un terreno vacío, de la mañana a la noche. Un día el señor estaba solo y al siguiente convivía con aquella mujer.

Por eso le costaba callar.

—Allá va, señor, ¿no la ve?

—No, no la veo.

—Debe mirar. Allá mismito, ¿la ve?

—Te repito que no hay nada, Antonia, deja ya ese cuento.

El señor tenía miedo. No había levantado la cabeza siquiera. Antonia sufrió el desaire por Begoña, que merecía atención mientras caminaba con su expresión ausente y soñadora. A Antonia le dolía, pero no podía culparlo, porque el miedo es como una ola del mar, imposible de detener. Insistió, por si acaso, y el señor se enfadó y levantó la voz, aunque Antonia sabía que la cólera solo era una coraza.

Aquella no fue la primera vez que Antonia veía un muerto. Por eso no se asustó ni extrañó. Al principio, de niña, su hermana le indicaba lugares donde solo veía paredes vacías y socavones huecos. Con el tiempo, aprendió a verlos. Allí estaban. Todos exhibían una misma actitud de melancolía.

La maleta debió de provocar la aparición.

Antonia no viajaba. Su hija mayor tenía su esposo en Nueva York y pronto se reuniría con él. Se llevaría entonces a sus nietos. Vecinos y conocidos la animaban a emigrar con ellos, pero Antonia no lo ansiaba. Una mejor vida y más dinero, sí, pero no lo ansiaba. Si finalmente se decidiera a ir, guardaría sus cosas en la maleta. Era pequeña, muy linda y rodaba con suavidad. Le llamó la atención el mismo día que Begoña llegó. La posó sobre una silla y extrajo sus vestidos gaseosos y sus pulseras tintineantes.

Después del accidente, el señor se la regaló.

—Quédatela.

—No, señor.

—Sí, quédatela. No la quiero ver.

—Está bien.

El día siguiente a la tragedia Antonia llegó a la hora de siempre. Se había enterado en el barrio, donde se sabía todo. Esperó hallarlo lloroso y triste, pero en la casa había voces y ruido. El señor mantenía una conversación por teléfono con voz crispada y aguda. Le centelleaban los ojos y se le veían las venas del cuello. Caminaba de acá para allá, con el celular en la oreja.

En cuanto acabó la llamada, Antonia le dijo:

—¡Ay, señor, qué desgracia!

—Sí, Antonia, una tragedia, un horror.

—¡Solo papá Dios sabe por qué se la llevó!

—No digas sandeces, Antonia.

Antonia se puso a limpiar en silencio los baños, la cocina, los pisos, y al tiempo musitaba plegarias, porque le deseaba, pese a su trato rudo, Su infinita misericordia. Mientras limpiaba el dormitorio de Begoña, empezó a llorar. No pudo contenerse. Recogió, dobló la ropa y la apiló con cuidado. Las blusas, las faldas, aquellos pantalones holgados. Sobre la silla descansaba la maleta, tan linda. Contra un fondo de brochazos de alegres colores tenía letras ilegibles. La estaba admirando cuando el señor penetró en el dormitorio.

—La maleta te la llevas, Antonia.

—¿Cómo así, señor?

—Quiero que te la quedes.

—¿Para mí?

—No quiero tenerla aquí.

En cuanto el señor se hubo marchado, Antonia tocó la maleta. Tenía un tacto rugoso y sólido. Nunca había tenido nada tan hermoso. No podría mostrarla en público. Nadie podía verla. La sacaría exclusivamente cuando se marchara a Nueva York. Porque ahora sí le habían venido ansias de viajar. Las vecinas la verían salir arrastrándola y comprenderían que Antonia abandonaba aquella vida. Sin embargo, le vino un escrúpulo. ¿Y la familia de Begoña? ¿La acusaría de ladrona?

Dos semanas después, Antonia vio a Begoña por primera vez, errabunda por los senderos del jardín. La sobrecogió un deseo muy vivo de contárselo al señor. Fue una decepción cuando se negó a mirar y la mandó callar. Le perdonó porque comprendió que tenía miedo.

Una noche hubo una fuerte tormenta. Descargó relámpagos que crujían muy cerca de la tierra. Antonia veía su dormitorio iluminado por los resplandores espasmódicos. La maleta estaba junto a la pared. Tuvo la repentina intuición de que el señor sufría. El estómago se le encogió una y otra vez. Acudió a la cocina para beber agua. Aquella noche no concilió el sueño hasta la madrugada. Y entonces la despertó el teléfono.

—Buenos días, Antonia.

—Buen día, señor. ¿Qué tan temprano?

—He pasado mala noche. Esos rayos... ¡Casi se metían en la casa!

—Acá llueve así, con fuerza.

—¿No tienes miedo?

—Es la cólera de Dios, que hemos de aceptar.

—Sí... No vengas tarde hoy, por favor.

—No, señor, llegaré temprano.

Antonia se preparó con premura y se observó en el espejo. Tenía el cabello alto, copioso y ensortijado. Solo en una ocasión se dejó su color natural, pero dejaron de llamarla «rubia» y se lo volvió a pintar. Le gustaba su figura. Unas buenas curvas para su edad. Nunca tuvo dinero para operarse el pecho o las nalgas, pero no lo necesitaba. Firme y quebrada, los hombres la deseaban como a las jóvenes.

Al salir la abordó Jit, un vecino que pasaba la mitad del año en Estados Unidos, trabajando muy duro, y la otra mitad en la isla, donde se gastaba todo lo ahorrado. Antonia advirtió su apetito y le sonrió abiertamente. Aquella noche lo complacería. El hombre se marchó encantado, dispuesto a pasar el día entero sentado en el colmado, con los parroquianos, frente a una cerveza bien fría.

Halló al señor muy inquieto. Caminaba de un lado a otro con el celular en la oreja. Hablaba a grandes voces. Le dirigió a Antonia una sonrisa fugaz, extraña, casi una mueca. Al cortar la llamada, se aproximó a Antonia. Tenía la respiración acelerada.

—¡Qué bueno que hayas venido!

—Como cada día, señor...

—Fui grosero contigo. No respeté tus creencias.

—¿Qué creencias?

—Eso de los muertos.

—Señor, no son creencias, sino un don que Dios...

Pero el señor no la escuchó. Se alejó a grandes zancadas, atraído por el timbre de la puerta. Traían dos botellones de agua del colmado. Le entregó al mensajero una vuelta generosa y le palmeó la espalda. Antonia se fue a preparar al cuarto de servicio. A mediodía, el señor se marchó sin despedirse y regresó a la tarde, cuando Antonia estaba colgando las camisas planchadas. La miró como queriendo decir algo, pero no lo hizo y Antonia se despidió.

Mientras descendía al barrio cayeron las primeras gotas. Aceleró el paso porque el cielo se estaba cuajando. Al llegar, halló a Jit esperándola junto a la puerta. Aunque no le apetecía, se había comprometido y necesitaba el dinero. Lo invitó a pasar y le hizo sentarse mientras ella se bañaba. Fuera llovía con fuerza. Se secó y vistió con una bata sedosa y translúcida.

Jit la abordó en la sala pero Antonia logró conducirlo al dormitorio. Jit hundió la cabeza en su vientre, bajo los pechos. Antonia sintió su lengua en el ombligo y sus manos ansiosas en las nalgas. No quería de ella entrega ni esfuerzo. Su deseo era tan intenso que no le molestó su negligencia complaciente. Fue una plata fácil y rápida. Caía un aguacero cuando le abrió la puerta y la dejó sola. Al cerrar, oyó el timbre del teléfono.

—Antonia.

—Señor.

—Qué malo hace. ¡Qué tiempo!

—Es la época.

—Así no podré dormir.

—Yo ni lo oigo.

—Temo que salten las ventanas.

—No pasará nada.

—No quiero estar solo.

Antonia no respondió.

—Ven a pasar aquí la noche, por favor.

—¿Ahorita? Con la que está cayendo, no pienso poner un pie fuera.

—Te envío un taxi.

—Esta noche pienso quedarme en mi cama

—¡No me malinterpretes! Ocurre que...

—Mañana amanecerá claro. Ya lo verá.

—La he visto.

—¿A quién?

—A Begoña, por el jardín.

Antonia supo que mentía. Y, aun así, sintió un estremecimiento, porque la imaginó sola en la noche fría, sacudida por el turbión. Se imaginó lo que Begoña debía de ver. Las luces cálidas del apartamento que fue suyo muy poco tiempo. Y en una ventana, la silueta negra del señor asomado. Pero el señor mentía.

—Buenas noches, señor —dijo, y colgó el teléfono.

Al día siguiente no había nadie en el apartamento. Extrajo las llaves del fondo de una maceta y entró. Anduvo mirando por las ventanas, por si la veía. Almorzó sola, en silencio. En el jardín, un hombre recogía cansinamente las palmas arrancadas. Antonia terminó antes de tiempo y bajó a sentarse en un banco, bajo un flamboyán. Se sintió vacía y culpable. De pronto, percibió una comezón en los empeines. Unas hormigas rojas y grandes se le subían por la pierna. Se agachó para observarlas. ¡Se las veía tan bien! Las patas, las tenazas, el abdomen hinchado. Como si las hubieran fabricado en papiroflexia. Se las apartó con la mano, pero vinieron más, más grandes, y se levantó. Advirtió que el suelo estaba rojo de ellas a su alrededor. Saltó al sendero de cemento y huyó.

Antes de salir del residencial apareció un carro de color crema, las lunas negras y una placa que decía «Diplomático». El señor se asomó por la ventanilla trasera y la llamó. Estaba muy elegante. Vestía un saco de color azul que le caía blando por los hombros. La invitó a subir. Antonia dudó unos segundos y accedió.

—Te invito a comer algo, Antonia.

—No tengo hambre, señor.

—Acompáñame, necesito distraerme.

El chofer arrancó y avanzó hasta el final de la avenida. El sol, filtrado por las lunas tintadas, tenía una cualidad irreal. Se detuvieron ante una torre muy alta de color azul. Un guarda de seguridad les abrió la puerta. El señor le puso un billete en las manos. Antonia se percató de que el hombre la había mirado con sorna. Tomaron un ascensor hasta la azotea. El señor hablaba sin cesar. Se sentaron a una mesa junto a la piscina. Antonia pidió una piña colada y él una cerveza. Al sur, todavía destellaba el Caribe. El sol se hundía por el oeste. Unas nubes muy oscuras cerraban el horizonte por el este. El señor las miró preocupado y después la miró a ella, con una sonrisa.

—Me gusta cómo vistes, Antonia.

—Gracias, don, no estoy aun para retirarme de la vida.

—Bien dicho. ¿Cuál es tu verdadero color de cabello?

—¡Hace tantos años que me lo pinto que ni recuerdo!

Los dos rieron de buena gana.

—Viene usted muy elegante hoy.

—Tenía una reunión. La institución me exige formalidad —explicó en tono apagado y dirigió otra vez la mirada al horizonte, cada vez más cerrado.

—No tenga miedo, señor.

—¿Qué?

—La tormenta. Tendrá que acostumbrarse. Descargan y se deshacen.

—Sí —murmuró él y dio un nuevo trago a su copa.

Se hizo un silencio. El viento soplaba desde las nubes.

—¿La extraña? —preguntó Antonia.

Él levantó la mirada, reflexionó unos instantes y asintió con la cabeza.

—Era una buena mujer, tan sencilla, tan libre... —suspiró Antonia.

—Por eso te di la maleta.

Antonia se puso seria.

—Me recuerdas a ella. Almas gemelas nacidas en dos mundos diferentes.

Antonia se ruborizó. El señor se había relajado, sonreía vagamente con la mirada perdida.

—¿Cómo fue el accidente? —preguntó Antonia.

El señor contrajo el ceño. Los pelitos de las cejas se los movía la brisa. Se colocó los lentes de sol, dio un trago largo a su copa y dijo:

—Vámonos antes de que comience a llover.

De vuelta en el carro, se lo veía inquieto. Se volvió un par de veces para atisbar el cielo, una amalgama del rubor del atardecer y la tenebrosa densidad de la tormenta. Al llegar al residencial, el chofer se detuvo para que Antonia se apeara. El señor la asió del antebrazo, ya con un pie fuera, y le susurró, con tono implorante.

—Por favor, quédate conmigo esta noche.

—Solo es agua y viento, señor.

El chofer permanecía inerte en su asiento, sordo y mudo.

—¡Por favor, no resistiré una noche más!

—Está bien —murmuró ella.

Comenzó a llover en cuanto estuvieron dentro de la casa. La tormenta apagó de golpe los últimos rescoldos de la tarde. El señor se sentó a la mesa y trabajó frente a la laptop. Se lo veía sereno. Antonia preparó una cena frugal para ambos. Al concluir, Antonia fregó los platos y el señor se acostó en el sofá con un libro. Antes de retirarse a la habitación de servicio, Antonia se despidió:

—Buenas noches, señor.

—Buenas noches, Antonia.

Antonia no tardó el dormirse, arrullada por el rumor de la lluvia, que tapizaba el silencio, pero se despertó. Oyó el interruptor de la lámpara del salón, pasos, el murmullo de la llave del agua en el baño y unos últimos ruidos indistintos. Volvió a dormirse y despertó una segunda vez. El señor la remecía en el hombro. Tardó unos segundos en reconocer dónde se hallaba.

—Está fuera.

—¿Qué? —preguntó ella.

—Begoña, está fuera, bajo el flamboyán.

Antonia se incorporó.

—¿Qué hace? —preguntó.

—Está diciendo algo. Mueve los labios, pero no la oigo.

Fueron juntos al salón, se aproximaron a la ventana y giraron las planchas para entrever el jardín. Estaba oscuro. El viento deshacía todas las formas.

—Salgamos a la terraza —propuso el señor.

Corrieron la mampara y avanzaron con cautela hasta el pretil. Era una noche lóbrega. Llovía con fuerza, los árboles se doblaban. Por un instante, el viento se detuvo y la vieron. Estaba sentada en el banco que habían rodeado las hormigas. Destacaba su piel blanca en la oscuridad. Tenía las manos sobre las rodillas juntas, muy formal, y, sí, movía los labios, articulaba palabras inaudibles.

—¿Qué dice? —preguntó el señor.

—No sé.

—Tú sabes de muertos.

—No tanto.

—¿Deberíamos bajar?

Antonia no respondió. Ninguna clave para comunicarse con los muertos le vino al recuerdo. Aprendió a verlos, sin miedo, sin más, nada más.

—No, mejor acá —respondió.

Begoña estaba blanca y mojada, maravillosamente nítida en la oscuridad. Y entonces Begoña los miró. Levantó la vista hacia el balcón y artículo sus palabras mudas.

Antonia y el señor se echaron hacia atrás, agarrados el uno al otro, para ocultarse.

—¿Has visto? —preguntó el señor.

—Eso no es bueno, señor. Volvamos dentro.

Cerraron la cristalera. El viento arreció fuera. El fulgor de un relámpago iluminó la sala. No se movían, pero se miraron un instante.

—¿Quiere que lo acompañe?

—Sí, por favor.

Fueron al dormitorio. El señor se tumbó en la cama de costado, con las piernas encogidas, y Antonia se tumbó detrás él, en la misma postura. Sobre una pared se proyectaban las sombras vagas de las palmeras del jardín, agitándose. El cristal negro de un gran televisor colgado cerca del techo parecía un líquido muy hondo. Antonia vio en la pared numerosas fotos colgadas. En casi todas aparecía el señor. Subido a un caballo en una playa nublada. Dentro de un deportivo rosa junto a una mulata sensual. En otra, muy jóvenes y sonrientes, abrazaba por detrás a Begoña. Aquella expresión y la de la aparición del jardín no se parecían en nada. Antonia se aproximó al señor y le pasó el brazo por la espalda. Se sintió más segura. La lluvia persistía fuera. Se adormilaron. La nuca de él exhalaba un perfume suave. Recordó a Jit, con repugnancia. Se prometió no volver a verlo. No venderse más. Levantó la mirada al techo alto. En su casita precaria, abajo en el barrio, los vecinos prietos, hacinados, no se sentía tan fuerte la soledad. Se abrazó más estrechamente al señor y se durmió.

Al despertar, con el alba, Antonia retiró el brazo con delicadeza. Se levantó, cerró la puerta del dormitorio y se acercó a la terraza. Había suficiente luz para apreciar los destrozos de la tormenta. Corrió la mampara y se asomó. El banco estaba vacío. Regresó al dormitorio de servicio, se vistió y abandonó el apartamento. Las calles estaban desiertas. Algunas motos sorteaban las ramas desgajadas. Al llegar a su casa, cerró con llave. Respiró con alivio, a salvo, a refugio. En la cocina tomó un vaso de agua y se fue a la cama. Estaba muy cansada, pero no podía dormir. A donde mirara, veía el semblante lechoso y reblandecido de la muerta, que hablaba sin voz y los miraba.

Se levantó con resolución y descorrió la cortina del closet. Allí estaba la maleta, tan linda. Las pinceladas de alegres colores asumían formas que le habían pasado inadvertidas. Romboides que la miraban con dos ojos azules. Relojes de arena que se derretían en charcas amarillas. Sierpes verdes y marrones que se enredaban y asomaban sus cabezas acá y allá. Agarró la maleta por el asa y salió del dormitorio. Era increíblemente ligera. Abrió la puerta de la casa, miró a ambos lados y echó a correr hacia un contenedor verde lleno de escombros. La arrojó dentro y se alejó. Ya cerca de su casa, se dio la vuelta. La maleta relucía peligrosamente, como una tentación. Con una tabla rota le echó yeso encima. Entonces sí, regresó a su casita, cerró la puerta y volvió al dormitorio. No tardó en quedarse profundamente dormida.

¿Quién controla a los murciélagos?

Por entre los barrotes de la verja verde que cierra el residencial, Ivonne atisba, en ocasiones, a todo el grupo. Son todas viudas, salvo Elisa, la esposa del Magistrado, un octogenario que ya no recuerda el poder que tuvo. Al resto se les murieron los hombres antes de que Ivonne retornara de Nueva York. Se reúnen cada tarde en un rincón del parqueo, bajo la sombra de un flamboyán, en unos bancos de hierro. A doña Genia la muchacha le saca una silla de madera. No están allí más tarde de las ocho, cuando aparecen los murciélagos, que revolotean como sombras gráciles.

Por eso Ivonne acude siempre con tiempo y las llama. A veces, se levantan y le dan unos pesos, si tienen a mano. Otras, se hacen las sordas. Entonces Ivonne aguanta y las mira fijamente, las incomoda con su muda presencia. Si se cansa, se ajusta el pañuelo amarillo y se marcha. Camina hacia el este por la avenida Bolívar, muy erguida, dando pasos rápidos y cortos, que ella considera que le imprimen una cadencia elegante. No obstante, reacciona con displicencia a quienes le dicen cosas: el vigilante del dealer, el policía que regula el cruce entre la Bolívar y la Socorro

Sánchez o cualquier grupito de adolescentes procaces del colegio privado.

Ivonne nació en una buena familia, en el mismo sector por donde deambula. Se abstiene de proclamarlo porque sabe que sus hermanos se avergüenzan de ella. No recuerda su casa. Le basta saber que, en sus idas y venidas, debe de pasar frente a su viejo hogar varias veces al día. También por eso asume una actitud digna, para que cuando sus hermanos la vean no se atrevan a juzgarla.

Aunque no quiera, le vienen recuerdos vagos de su vida en Nueva York. Se fue joven y regresó años después, no sabe exactamente cuántos. Se le antoja una ilusión, como si nunca hubiera abandonado la isla. Fue su vida allí tan diferente y tuvo un final tan abrupto, que bien pudo haber sido un sueño, que no dejó rastro, porque no queda nada, no queda nadie. Entonces, la acomete con frecuencia la angustia de no estar viva, sino atrapada en un laberinto que semeja su barrio de la infancia. Como alivio, se abraza a los árboles, se recuesta contra los portones de las casas ricas, pide limosna, todo con tal de sentir que sigue viva.

Acuciada por el hambre, una noche Ivone introdujo la cara entre los barrotes y llamó:

—¡Doña Genia! ¡Doña Genia!

—¡Ivonne, no tengo nada!

—Deme algo, doña, que tengo la barriga estrujada. Me siento muy mal.

—Ay, Ivonne —se compadece doña Genia y rebusca en sus bolsillos.

Doña Enelda, esa viejita pequeña y frágil, hizo el ademán de levantarse, pero doña Genia le entregó unas monedas a doña Clara, que se levantó pesadamente y se acercó con paso tardo a la verja.

Ivonne cerró el puño sin decir palabra y se alejó apresuradamente, mirando alrededor con suspicacia. Pasó por delante del dealer de carros de lujo y se apoyó contra el muro blanco del solar abandonado. Desde el interior asomaban las copas frondosas de los árboles que dentro crecían libres. Reanudó la marcha, anduvo seguido hasta la calle Pasteur y dobló a la derecha, hacia el mar, que enviaba su brisa húmeda. Al llegar a la avenida Independencia, se escurrió entre los carros que invadían la acera y dio la vuelta al restaurante. Llamó a la puerta lateral. Pasó un tiempo, así que volvió a llamar.

Abrió un muchacho nuevo.

—¿Quién tú eres?

—Soy la Ivonne. Llama que me atiendan.

El muchacho cerró de golpe. Ivonne aporreó la puerta hasta que volvieron a abrir. Esta vez una morena grande de aspecto afable.

—Ivonne, ¿otra vez aquí?

—Tengo hambre.

—No puedo.

—Tengo dinero —y abrió el puño.

—Ve por delante, pues.

—Atiéndeme por acá.

—¡Qué altanera Ivonne! Ya nadie te conoce...

—Quiero un morro de guandules.

La morena dio un suspiro y desapareció en el interior. Ivonne se recostó contra la pared, la mano izquierda en la cadera. Con la derecha se ajustó el pañuelo. Lo había hallado prendido en una verja tras una noche de ventolera, empapado y sucio.

La puerta se abrió y apareció la morena con un recipiente de fom.

—Quiero un jugo.

—Te doy un agua fría, Ivonne.

—De tamarindo, para dormir.

—Me causas problemas con el jefe.

—Tengo dinero —y añadió—: ¡Hazlo por Dios!

La morena volvió a suspirar y desapareció de nuevo.

—Aquí lo tienes, pero no mientes a Dios en vano, que él sí no te abandona.

Ivone desanduvo el camino. Le pareció que había menos tránsito. Acaso fuera domingo, acaso feriado. Al llegar a la Bolívar se detuvo ante el muro blanco y se deslizó dentro por una grieta. Al principio no cabía, pero tras meses en la calle había quedado enteca, arrugada, seca. El solar, junto a los muros, estaba cubierto por los desperdicios que arrojaban desde fuera, pero el resto estaba limpio. Era su refugio, y los árboles, su compañía. Se sentó contra un tronco y bebió, primero, con avidez. Colocó el vaso en el suelo, destapó el fom y empezó a comer el arroz con los dedos. Al terminar, se acomodó para dormir. El árbol extendía sus largas ramas en la oscuridad, que oscilaban blandamente. Contra el resplandor de las farolas, revoloteaban los murciélagos.

Los observó con curiosidad hasta que la sobresaltó el creciente olor a humo.

Se puso en pie, recogió sus cosas y salió por la grieta a la avenida Van Nest. El olor procedía del este. La casa de madera y ladrillo seguía en venta. Edison había llamado para preguntar el precio, pero era muy cara. Avanzó hasta el cruce con Hunt. Otras personas caminaban hacia el incendio. Algunos curiosos charlaban junto al colmado. Aceleró el paso en cuanto oyó las sirenas de los bomberos. Antes de llegar al residencial, se detuvo ante la cinta: *POLICE LINE DO NOT CROSS*. Ya la estaba levantando, cuando un agente la detuvo. Ivonne trató de explicarle, le mostró la licencia de manejo, pero el agente la empujó hacia atrás. Ivonne obedeció, con una angustia creciente. Otro agente llamó a su compañero e Ivonne aprovechó para colarse. Corrió hacia el residencial. Tras la verja verde, no se veía nadie en el parqueo.

—¡Edison! ¡Hijos! ¡Hijos! —llamó.

Llegaron los bomberos. La estridencia de la sirena le pareció insoportable. Observó a su alrededor. Nadie se había percatado de su presencia. Se despojó de la chaqueta para escalar mejor. Se agarró a los barrotes y se aupó con todas sus fuerzas. Las púas cruzadas se le clavaron en la muñeca izquierda. Dio un alarido de dolor. Uno de los agentes se volvió y corrió hacia la verja, pero Ivonne saltó sobre un carro. La alarma se activó con estrépito. Echó a correr hacia su casa. Se detuvo en el portal para vendarse la herida con el pañuelo del cuello, que se tiñó rápidamente.

—*Mam! Come here, Mam!* —oyó a lo lejos.

Comenzó a subir. El calor era intenso, el humo se espesaba, más oscuro. Se puso a gatas. El suelo ardía con dureza en sus rodillas huesudas. Empezó a toser. Se desanudó el pañuelo y se lo ató sobre la boca. La sangre comenzó a gotear sobre el piso. Trató de recordar el número de su apartamento, pero se sentía mareada. Tan solo le vino una imagen de la familia reunida, Edison, Marcia, Rodrigo y Luis, contemplando unas vistas despejadas desde la terraza, así que continuó hasta la última planta. Una de las puertas se hallaba abierta. Se asomó. No vio a nadie en el living. No reconoció los muebles. Se volvió al apartamento frontero y llamó en la puerta cerrada. Una vaharada de humo la obligó a agacharse y esconder la cabeza. Desde el suelo agarró el picaporte y abrió. El interior estaba a oscuras. Solo por el balcón penetraba un halo trémulo del resplandor del fuego. Vaciló. Quizá Edison y los niños hubieran huido.

—*Hello? Fire!!* —gritó.

No hubo respuesta. Estaba paralizada, incapaz de tomar una decisión, hasta que escuchó un gemido y entró. Se tropezó con una mesa de café y varias sillas que no debían estar allí. Tanteó el interruptor de la luz, hasta que recordó el peligro de la electricidad y el fuego.

—¡Ayuda! —oyó decir a una voz lastimera, infantil, medrosa.

«¡Luis! ¡Mi pequeño Luis!», pensó. Avanzó hasta los dormitorios. El humo, adentro, era menos denso, así que pudo bajarse el pañuelo y gritar:

—¡Luis! ¡Luis!

Lo entrevió en el dormitorio principal, escondido tras la cama. El fuego, cada vez más próximo, coloreaba la habitación, la hacía parecer distinta.

—¡Luis, levanta! ¡Ven con tu madre, que te quemas!

Se precipitó sobre el niño, de rodillas, aovillado. Lo levantó de la mano y lo arrastró por el pasillo. Se detuvieron ante un intenso soplo de calor. El living estaba en llamas, pero podían llegar a la cocina. Avanzaron encogidos. Su manita era muy pequeña y seca. Descorrió el cierre y salieron a la escalera de incendios. Comenzaron a descender muy despacio. A Luis le costaba caminar. Estaba torpe y lento. Ivonne lo jaló más fuerte, pero volvió a gemir con su voz enflaquecida. El conjunto de pernos, balaustres y peldaños, que enjaulaba el residencial como un exoesqueleto, se calentaba rápidamente. La estructura tembló y Luis le echó los brazos al cuello. Siguieron descendiendo. El pasamanos ardía. Al llegar al suelo, Ivonne quiso echar a correr, pero se toparon con una floresta exuberante, cuyas grandes hojas se agitaban a impulsos de las bocanadas del fuego. Ivonne se detuvo perpleja, pero reaccionó y avanzaron hasta que chocaron con una cancela alta, cerrada por una cadena y un candado. Estaban atrapadas.

—*Help! Help!* —gritó.

Luis se desasió y se sentó en el suelo. El cabello ralo dejaba ver el cráneo. Lo palpó y comprobó que no tenía quemaduras. Gemía y se balanceaba. En ese momento aparecieron dos bomberos con máscaras al otro lado de la cancela.

—¡Retírese! —ordenaron.

La sierra arrancó un horrísono abanico de chispas. La arrastraron hacia la calle. Dos camiones rojos proyectaban sus chorros de agua contra las llamas. Aprovechó la confusión para escabullirse tras los carros del dealer. Desde allí observó como llevaban a Luis, un bulto encorvado y frágil, a una ambulancia. Un enfermero le agarró de las manos menudas, artríticas. Desde su escondite, Ivonne oyó su débil gemido, distinguió las arrugas de su rostro, vio con horror el pie negro y viejo que asomaba de una media rota. Ivonne rompió a temblar. Miró el residencial, escondido tras las llamas, el humo y el vapor. Corrió hacia la verja verde, pero un agente la detuvo.

—¡Ya no queda nadie! ¡Estese quieta!

Ivonne forcejeaba, lloraba, gritaba.

—¡Edison! ¡Hijos!

Logró zafarse y huir. Se alejó a la carrera. La Bolívar estaba llena de vecinos en piyama. Al llegar al muro blanco, se escurrió por la grieta. Quien la seguía, pasó del largo. Los árboles, altos e impávidos, se erguían hacia la noche de resplandores. Los murciélagos revoloteaban como cenizas al viento. Los ruidos de la tragedia llegaban amortiguados. Se dejó caer contra el tronco del mismo árbol. Lloró con calma, en su refugio, hasta que se durmió.

Al despertar, estaba amaneciendo. Se palpó la herida de la muñeca, oscurecida y seca. Se quitó el pañuelo del cuello, muy sucio. Al ponerse en pie se sintió profundamente cansada. Cada paso, hasta que salió a la calle, le costó un gran esfuerzo. Se miró la muñeca, que empezaba a latirle de dolor. Los carros, desde el oeste, rodeaban los conos que cercaban el residencial. Había ramas negras sobre la pista y la verja había perdido su color. Un negro bajo y fuerte barría el légamo con un escobón. Al verla, la llamó:

—¡Ivonne! ¡Ven acá! ¡Las doñas quieren darte las gracias!

Ivonne vaciló. Se sentía sucia, magullada, hambrienta. Se sentó en una silla blanca, vacía, de plástico, que alguien había abandonado allí. En el cielo límpido no quedaba celaje de humo. Estuvo allí todo el día, inmóvil, inexpresiva, observando cómo el negro seguía barriendo el hollín y el agua sucia hacia la calle.

Al atardecer, el negro le repitió:

—¡Ivonne, no te quedes allí, que la familia de doña Enelda querrá recompensarte!

Ivonne se levantó con esfuerzo. Miró en torno con suspicacia. No quería que la vieran así. Pasó por encima de los desperdicios y entró en el residencial. Se encaminó hacia el portal del fondo y levantó la mirada. El último apartamento parecía una caverna lóbrega. Las rejas fuliginosas, las ventanas sin cortinas, las plantas del balcón convertidas en un amasijo de hojarasca denegrida.

—¡Ivonne! ¡Ivonne!

Se volvió. Doña Clara la llamaba desde otro apartamento.

—¡Ven acá, que estamos todas!

Ivonne dudó un instante y subió. La puerta estaba abierta. Doña Genia estaba sentada en una mecedora de espaldas al balcón. La tarde se apagaba. En el sofá, doña Clara, Elisa y su esposo, el magistrado, y doña Enelda, que dirigió a Ivonne una sonrisa llena de emoción.

—¡Gracias! ¡Gracias! —dijo la viejita, mientras se levantaba poco a poco, pequeña y frágil—. De no ser por ti estaría muerta. ¡Que Dios te bendiga!

Ivonne miró alrededor, desorientada. Las viudas la observaban. Doña Enelda se enjugaba las lágrimas, pero Ivonne seguía muda. No sabía qué decir, qué hacer.

—Ay, Ivonne, muy cierto —intervino doña Clara—. ¡Y con tu trauma! ¡Hay que ser muy valiente después de lo que viviste en Nueva York! —dijo doña Clara.

—¡Muchacha! —llamó doña Genia— ¡Trae unos jugos de tamarindo! ¿Tienes sed?

Ivonne asintió en silencio.

Todas callaron hasta que apareció la muchacha con una bandeja de vasos tintineantes. Ivonne bebió con avidez mientras las viudas la observaban. Solo el magistrado miraba hacia el exterior, absorto.

—Solo tú podías salvarme —dijo doña Enelda.

—Así es —confirmó doña Clara.

—¡Casi, casi, una segunda oportunidad...! —se exaltó doña Elisa, pero enmudeció al ver la expresión ceñuda de doña Genia.

Ivonne miró el líquido marrón del vaso y dijo a doña Enelda:

—Se queja usted como un niño.

Hubo un silencio y después una risa nerviosa generalizada.

—Tengo hambre —dijo Ivonne.

—Aguarda, Ivonne, que pediré que te preparen un almuerzo.

—No, no, deme plata.

Las viudas cruzaron miradas de sorpresa y piedad. La pobre Ivonne, trastornada por su tragedia, ahora revivida. Doña Clara resopló para hacer avanzar su enorme corpachón y extrajo un pequeño monedero. Doña Genia hizo un gesto aprobatorio con la cabeza.

—Quiero un pañuelo también. Elegante —dijo Ivonne.

Las viudas volvieron a cruzar miradas duras. Qué paciencia con los locos. Elisa comenzaba a abrir la boca cuando un bólido le rozó el cabello. Doña Clara dio un grito y doña Genia prorrumpió en maldiciones. Doña Enelda esbozó una mueca de ilusión infantil. A reclamos de la dueña, apareció la muchacha con una escoba y trató de ahuyentarlo. Lo perseguía por la sala, mientras Elisa exclamaba, desolada y resignada a la vez:

—¡Es inútil! ¿Quién controla a los murciélagos?

Ivonne aprovechó la confusión para arrebatarle el dinero a doña Clara de la mano abierta y salió del apartamento. Bajó a la carrera y salió a la avenida, ya en sombras. Anduvo muy erguida hasta la Socorro Sánchez. Un agente de la AMET apremiaba a los carros que venían del Malecón. Se encaminó hacia el mar, como la noche anterior. Cruzó la avenida Independencia y alcanzó el restaurante. Llamó a la puerta trasera. Mientras esperaba que le abrieran, pensó con ilusión en su refugio. Una noche más, tras la cena, la pasaría bajo los árboles, mirando las estrellas.

POSFACIO

¿QUIÉN CONTROLA A LOS MURCIÉLAGOS?

Relatos

de GONZALO MARTÍN DE MARCOS

por

JOSÉ RAMÓN GONZÁLEZ

Escribir un posfacio o un epílogo tiene siempre algo de ejercicio innecesario y superfluo. Al fin y al cabo, si el lector ha llegado hasta el final del libro, ¿qué sentido tiene añadir nada más? ¿Es que no se sustenta la obra por sí misma? ¿Qué puede aportar un comentario hecho *a posteriori* de ese momento mágico que es el encuentro único e irrepetible (porque es fusión vital) entre texto y lector? Y, sin embargo, sucede que, ante una obra rigurosa y exigente -una obra que es literatura genuina, de la buena-, el propio texto parece interpelarnos y nos exige prolongar ese diálogo tácito en el que nos hemos embarcado al abrir la primera página. Aunque solo sea para seguir hablando con uno mismo. Por eso tras la lectura de los magníficos relatos que componen *¿Quién controla a los murciélagos?*, el lector -o, al menos, este lector que soy yo ahora- percibe que todavía queda algo que añadir, algo que precisar. Y que esa conversación no se puede cerrar con una lacónica valoración -es un buen libro, es un libro excelente...- porque queremos entender cómo y por qué el autor ha logrado suspendernos en vilo durante un buen rato, apresando nuestra atención y aislándonos -*herméticamente*, como diría Ortega y Gasset-

en esos pequeños mundos de ficción que conforman cada uno de los 15 cuentos incluidos en el libro.

Y lo primero que hay que decir es que estamos ante un autor que sabe manejar con eficacia y brillantez las herramientas del oficio, y que se mueve con maestría en el territorio del cuento. Son relatos muy bien resueltos, precisos y ajustados en su dicción, que exploran con sutileza y sensibilidad estados de ánimo o de conciencia, o describen pequeñas tragedias que no modifican el curso de la historia con mayúscula, pero que sin duda alteran de forma definitiva e irremediable las vidas de sus protagonistas. Pero también estamos antes cosas apenas entrevistas o adivinadas -entendidas, ciertamente, a medias- que parecen no cambiar nada, pero que sabemos que, una vez sucedidas, lo han cambiado todo, aunque no podamos precisarlo con detalle. Son pequeños sucesos nimios y sin importancia aparente -a veces meros gestos, apenas un arranque sin continuidad, un movimiento que se trunca- que reverberan en la conciencia del lector o del protagonista y que permanecen en la memoria con una terquedad y fijeza desasosegante. Epifanías, sin duda, en las que se desborda un sentido que excede lo trivial del hecho o del suceso narrado y en las que el detalle se revela como clave capaz de explicar una existencia. A veces es un hecho físico, un mero gesto -el accionar con el cuchillo de Emma, a espaldas de su marido y de su hijo, en "Color amarillo"- o una mera frase -ese "Dígale que no puedo estar, sencillamente" con el que se cierra el hermosísimo "Odiar una montaña" y en el que se resume la tragedia de la soledad y de la reconciliación con uno mismo- o, simplemente, un silencio o un dejar de hacer o un no hacer nada que nos trasladan, de golpe, la verdad de una vida. Es como si se abriera una ventana, y de repente vemos -y entendemos- el viaje -largo o corto, que eso poco importa- de una existencia que es, como todas, singular y única. Y siempre y en todos casos en el relato pesa y gravita – *contando* a su manera- aquello que no se dice o que simplemente se elude. Podríamos así retomar la idea del cuento como un artificio capaz de trabajar a la vez con dos historias, que Ricardo Piglia ha explicado con detalle en sus "Tesis sobre el cuento", y que hunde sus raíces en la práctica cuentística de Chejov, o la imagen del Iceberg, de Hemingway, sobre la importancia de aquello que no vemos porque no se hace explícito, pero en lo que reside lo que verdaderamente importa, porque, en efecto, muchos de los cuentos que se incluyen en este libro se ciñen a una poética de lo tácito, de lo eludido, del sobreentendido, que, de pronto, desvela a su manera todo aquello que las palabras no han sabido decir y que han estado rodeando desde el arranque del relato. No significa esto, sin embargo, que todos los cuentos desplieguen las mismas estrategias, porque una de las riquezas del libro reside precisamente en su variedad. Y hay, claro que sí, porque su autor, que es también un gran lector, no renuncia a la eficacia de ninguna fórmula narrativa, cuentos que trabajan -que se construyen y se hacen, podríamos decir- a partir de una sorpresa o un descubrimiento -este sí explícito- final. Y así sucede en "Nitido", en "Siempre al este", o, a su manera, en el cuento que da título al libro. Pero también en un relato tan cotidiano, tan corriente y poco excepcional, y a la vez tan actual, como "Beethoven, *opus* 73", que nos habla a la vez de tantas cosas -del paso del tiempo, de la memoria, del esplendor perdido, de la felicidad como culmen transitorio y a la vez perdurable...- que parece crecer y expandirse más allá de las pocas páginas que lo componen. Pero sea cual sea la fórmula elegida o la poética implícita en cada uno de los relatos, todos ellos destacan por su excelencia. Son literatura de primer nivel, que remueve al lector y le exige un compromiso intelectual, sensitivo y afectivo.

Y ese saber contar y saber iluminar, que es seña de identidad de todo lo que lleva escrito hasta el momento Gonzalo Martín de Marcos, es consecuencia, a su vez, de un saber ver, o, mejor aún, de un saber mirar que solo se aprende en la escuela de la vida y se refina en la escuela de la lectura. El autor ha sabido aprovechar su singular trayectoria personal –con dilatadas estancias en España, Arizona, Polonia y República Dominicana- para nutrir y alimentar sus historias -de hecho, la arquitectura del libro revela una cuidada y buscada simetría, de manera que los tres primeros y los tres últimos cuentos están ambientados en la República Dominicana, el cuarto y el decimosegundo en Polonia, el quinto y el decimoprimero en Arizona, y los cinco centrales en España, con "Odiar una montaña" como eje central. Pero toda esa experiencia, que proporciona el material en bruto no serviría de nada si el escritor no supiera seleccionar lo relevante y extraer de cada anécdota que ha nacido tal vez de un encuentro casual, o de alguna historia que le han contado o que ha escuchado, o de algo que ha vivido o ha visto vivir, o de algo que ha, simplemente, imaginado -que es otra forma de vida no menos rica-, un potencial de sentido comunicable, capaz de alcanzar al lector. Porque no es lo que se cuenta, sino la mirada y el cómo se cuenta lo que construye ese territorio privilegiado que llamamos literatura. Esa es la piedra de toque de cualquier escritor que se precie y Gonzalo Martín de Marcos, sabe mirar, sabe escuchar y sabe contar. Y lo hace francamente bien.

JOSÉ RAMÓN GONZÁLEZ
Universidad de Valladolid